구름다리 건너는 풍경소리

2015 연간집

구름다리 건너는 풍경소리

2015년 9월 18일 인쇄
2015년 9월 25일 발행

엮은곳 : 한국불교아동문학회
엮은이 : 이 창 규
펴낸곳 : 대양미디어
펴낸이 : 서 영 애

서울시 중구 충무로5가 8-5 삼인빌딩 303호
등록일 : 2004년 11월 8일(제2-4058호)
전화 : (02)2276-0078
E-mail : dymedia@hanmail.net

ISBN 978-89-92290-86-9 03810
값 10,000원

이 도서의 국립중앙도서관 출판시도서목록(CIP)은 서지정보유통지원시스템 홈페이지
(http://seoji.nl.go.kr)와 국가자료공동목록시스템(http://www.nl.go.kr/kolisnet)에서
이용하실 수 있습니다.(CIP제어번호 : CIP2015024617)

2015 연간집

구름다리 건너는 풍경소리

한국불교아동문학회 엮음

대양미디어

아동문학은 인성교육의 지름길이다

회장 이 창 규

어린이들의 생각을 무한대로 넓혀주고 아름답고 풍성한 꿈을 가꿔주는 아동문학 작품은 가장 좋은 인성교육의 자료이며 수단이라 할 수 있다. 환상의 다리를 건너 자연과 은밀하게 교류할 수 있고, 사물과 이야기를 나누는 동화나, 행과 연으로 호흡을 조절하며 아름다운 심성을 길러주는 동시를 가까이 하는 교육이 곧 인성교육 자체라고 할 수 있기 때문이다.

지난 1월에 인성교육진흥법이 제정 공포되고, 7월 21일에는 인성교육진흥법이 시행되어 모든 학교에서는 지금 인성교육에 박차를 가하고 있다. 이런 상황을 지켜보면서 지금까지 인성교육이 학교 교육에서 제대로 언급되지 않은 것 같은 느낌이 들어 마음이 씁쓸하기만 하다.

인성이란, 사람의 성품으로서 다른 사람과 구별되는 사고나 태도 및 행동 특성을 말한다. 기본적으로 효, 예절을 포함한 인간관계로 해석하지만, 요즈음에는 타인에 대한 배려와 함께 살아가는 역량(Competency)이나 능력과 소통을 기준으로 삼기도 한다.

5

명상이나 기도, 수도하는 자체나 부처님 말씀 한 구절도 인성교육 내용이다. 뿐만 아니라, 아동 문학가들이 글을 쓰고 지도해 온 자료도 인성교육 내용이다. 그러므로 동화나 동시는 인성교육 지도의 자료 역할을 꾸준히 해 왔으며, 예나 지금이나 인성교육의 선구자 역할을 한다는 자부심을 느끼게 된다. 따라서 인성교육에 박차를 가하고 있는 지금, 아동 문학가들은 그 어느 때보다도 좋은 작품을 창작하여 어린이들 인성교육에 양식을 제공하여야 하는 무거운 책임도 지고 있다고 할 수 있다.

우리 한국불교아동문학회에서는 해마다 부처님이 제자들에게 말씀하신 본생경을 현실에 맞는 어린이 동화로 개작하는 작업을 꾸준히 진행해 왔고, 올해도 『난장이가 된 범여왕』이라는 제호로 본생경 개작 동화집을 펴내어 부처님의 가르침이 담긴 이야기책으로 어린이들에게 제공하였다. 이어서 인성교육의 훌륭한 자료로 활용할 수 있는 우리 회원들이 창작한 동시, 동화로 꾸민 연간집 『구름다리 건너는 풍경소리』를 펴냄으로써 부처님의 교화, 인성교육의 자료에 도움이 되고자 한다.

끝으로, 지원을 해주신 대한불교 조계종총무원에 감사를 드리고, 처음부터 끝까지 관심을 가지고 좋은 책이 완성되도록 노력해 주신 대양미디어 관계자 여러분과 수합을 맡아 주신 신이림 님, 옥고를 주신 회원 여러분들께 진심으로 감사의 말씀을 드린다.

불기 2559(2015)년
가을에

목 차

✤ 동화

✿ 아동극본

동시

강세준　고광자　공현혜　권대자　권영주　권오삼　김규학　김기리

김동억　김종상　김종영　김진식　박방희　박지현　백두현

설용수　신이림　신지영　신현득　양인숙　우점임

윤이현　이동배　이성자　이수경　이승민

장승련　장지현　장진화　조철규

조평규　최만조

나는 좋다 외

강 세 준

골이 진 지붕에
풀이 돋고
비좁은 골방에
새우잠을 자도
나는
우리 집이 좋다.
엄마
아빠가 있어
우리 집이 좋다.

아기와 시계

아기가
더 잘 자나?

시계가
더 잘 가나?

아기는 쌔근쌔근.
시계는 짹각짹각.

눈온날

평펑 쏟아진다
세상이 새하얗다.

멍멍 소리따라
강아지가 뒹굴며 간다.

하얀 발자국이
뒤따라 간다.

道順 姜世準
교단동인회 회원으로 활동
동시로 한국문학예술상을 받음
동시집 『꽃씨가 익을 무렵』 등

부처님 우리 곁에

고 광 자

부처님 오십니다.
우리에게 오십니다.
바다 너머 산 너머 먼 길 돌아
광명의 빛을 안고 오십니다,
아픈 사람 건강한 사람
온 누리 생로병사
어루만지시러.

"천상천하 유아독존 삼계개고 아당안지"
 天上天下 唯我獨尊 三界皆苦 我當安之

삶의 진실은 외로워
어렵고 궂은 일 이겨내는 것은
빛을 만나기 위함입니다.

아픈 이에겐 아픔을 덜고
고통 받는 이에겐 고통을 줄이고
마음 속 병약자에게 큰 힘 얻게 하소서.

한라에서 백두 그리고 세계로
맑은 샘물 넘쳐 넘쳐 흐르는
오늘은 크게 기쁜 날,
부처님 빛으로 가득합니다.

海深　高光子
영랑문학상. 공무원문학상. 한국아동문학창작상 등
시집 『비양도와 소년』 외
동시집 『달님과 은행나무』 등

마법의 주문 외

공 현 혜

고속도로 달리다가
야생동물 쓰러진 걸 보면
'……'

뒷산에 나물 뜯다가
조용히 뭔가 흙으로 덮으며
'……'

할머니 혼자 놀기는
납골당에 할아버지
혼자 두고 와서 부터죠

개구리가 죽어 있어도
뉴스에서 누가 죽었다 해도
할머니 주문이 시작되면
우리는 모두 편하게 웃지요

"나무 관세음보살!"
"나무 관세음보살!"
머리로 하는 생각보다
먼저 나오는 주문이에요.

나비와 벌, 그리고 아기

나비는 예쁜 척
꽃잎에 앉아 노는데,
꿀벌 한 마리 열심히
일 하고 있어요.

사람들 나비 따라
이 꽃 저 꽃 옮겨간 뒤,
조용한 연밭에서
피곤한 꿀벌 잠이 들어요.

바람도 조심조심 지나가고
햇살은 꽃잎이 가려주는데,
할아버지 손잡고 나온 아기
꽃잎에 숨은 벌 찾고 자꾸 웃어요.

예은이

예은이는
나쁜 아이에요.
내가 배고프다 했는데
먹다 남은 빵을 길 고양이 줬어요.

예은이는
시끄러운 아이에요.
활짝 핀 장미꽃 누가 꺾은 것 보다
잠자리 날개 꺾였다고 엉엉, 울어요.

예은이는
머리 나쁜 아이에요.
빨간 구두랑 분홍색 머리 방울을
내가 아니고 할머니랑 사는 선우 줬어요.

예은이는
얄밉게 눈부신 아이에요.
등산 갈 때마다 꽃다발 가져 가서
이름 없는 산소마다 한 송이씩 주고 와요.

예은이,
내 동생 예은이는 욕심이 없어요.
하나 뿐인 목소리도 태어날 때 남 주고 온
선운사 할머니 기도로 태어난 아이에요.

多任 公賢惠
1965년 경남 통영 출생. 현대시문학추천등단. 서정문학등단. 작가시선동
시등단
한국문인협회, 서정문학연구위원, 경북문협, 경주문협, 통영문협회원
경남아동문학회, 한국불교아동문학회, 시산문작가회, 서정문학회회원
마중물.행단.육부촌 동인. 시집 『세상 읽어주기』 외 공저 다수

해 님 외

권 대 자

그 모습!
그 마음!
그 사랑!

자연이
먼저
알지요.

꽃송이

꽃송이는

해.
달.
별.
하늘빛을

먹고
핀,

아기!

그릴 수 없는 그림

하늘에 꽃구름 두둥실
아름다운 무지개
해와 달은 그릴 수 있지만,
선생님 마음은 그릴 수 없네.

푸른 바다 철썩 처얼썩
바위 위로 부서지는 파도
흰 갈매기는 그릴 수 있지만,
아버지 마음은 그릴 수 없네.

고요한 밤 잔잔한 호수에
총총히 내려앉은
시리게 반짝이는 별은 그려도,
어머니 마음은 그릴 수 없네.

大覺華 權代子
2002년 대구문인협회 등단. 문학예술 신인상 수상, 영남아동문학상,
대구예술상 문학부문 수상, 한국아동문학연구회 창작문학상 수상
환경동시집 『세상은 자연 풀꽃 사랑』 『구슬빗방울』 『손뼉 치는 바다』 『자
연이 주는 이야기』. 현재 영남아동문학회 부회장, 한국아동문학연구회
부회장.

꽃동네 외

권 영 주

꽃동네는

향기로 가득 차 있습니다.
저들의 얼굴이 아름답습니다.
저들의 마음씨가 곱습니다.

키가 크든 작든
색깔이 붉든 누르든
뿌리가 있든 없든
흉보지 않습니다.

살다가 이사 가면
축복해 줍니다.
새로운 이웃이 들어오면
웃으며 맞이합니다.

우리는 모두
한 동네 주민입니다.
정을 나누는 이웃입니다.

꽃집동네는 언제나
고운 향기로
가득 차 있습니다!

산이 팔 벌리고

앞산이 양팔 벌리고 서서
갖추어 놓고 있다.

나무 꽃 너럭바위 개울,
서늘한 바람 시원한 그늘,
늘 그 자리에서 변함없이.

계절 따라
새로운 것 차려놓고
오라한다,

때마다
맛있는 밥상 마련해 주는
엄마처럼.

잠자리 떴다

관모봉 해발 오백 미터 위
넓고 넓은 하늘 놀이터
잠자리 떴다.

친구와 누가 높이 나나 내기하고
구름과 누가 앞서나 경주한다.

오르락내리락
앞서거니 뒤서거니
무승부.

반짝반짝 해님이 닦아준
비단날개 활짝 펴고
풀풀 마음껏.

地藏華 權泳珠
『한비문학』에 동시 등단
동시집 『발맞추어 둥둥둥』

어린 비둘기 외

권 오 삼

길가 구석진 곳에서
오들오들 떨고 있는 어린 비둘기 한 마리.
손수건으로 고이 싸서 집에 데리고 온 뒤
상자에 넣어주고 물을 주었다. 하지만
웅크린 채 허연 물똥만 계속 싼다.
항생제를 쬐끔 물에 타서 먹여 보았다.
여전히 눈을 감았다 떴다 하며 똥만 싼다.
몇 시간이 지나도 똑같다.
아니, 똥을 더 많이 싸는 것 같다.
내가 항생제를 억지로 먹여서 그런가?
불안하고 미안한 생각이 들었다.

다음날 아침에 보니 누운 채 꼼짝도 않는다.
뻣뻣하게 굳은 잿빛 몸뚱이가 무슨 털뭉치 같다.
신문지에 고이 싸서 화단 한 쪽에 묻어 주었지만
나 때문에 죽은 게 아닌가 하는 생각이 자꾸 든다,
내 마음은 그게 아니었는데.

개

나는 개라면 딱 질색이다.
개만 보면 공연히 겁이 난다.
개에게 다리를 물린 적이 있었기에.
그래서 개만 보면 발로 차버리고 싶다.
왈왈거릴 때는 더 하다.
오늘 문방구 앞을 지나다가 쇠줄에 묶인
커다란 몸집에 털이 하얀 개를 보았다.
이 개는 나를 보고도
왈왈거리지도 않았고 으르렁대지도 않았다.
그냥 나를 빤히 쳐다보기만 했다.
눈을 보니 까만 눈동자가 축축하니 젖어 있었다.
몹시 외롭고 슬픈 표정이었다.
과자를 줘도 먹으려 하지 않았다.
그냥 나를 빤히 쳐다보기만 했다.
용기를 내어 목을 꼬옥 껴안아 보았다.
처음엔 무섭고 떨렸지만
나중엔 아무렇지도 않아 기뻤다.

빗방울 살려

톡!
솔잎 위에 떨어진 빗방울,

따르릉 따르릉 비켜나서요
오물쪼물 하다가는 큰일 납니다!

빗방울이 쪼르르르
솔잎 비탈길을 달려갑니다.

앗! 낭떠러지네!

빗방울 살려!

솔잎 끝에 대롱대롱—

南湖　權五三
월간문학신인상(1975), 소년중앙문학상 당선(1976)
방정환 문학상 등 수상
동시집 『고양이가 내 뱃속에서』 등

밥 상 외

김 규 학

다리를
펴 주면
앉고

접으면
선다.

끼니 때마다
식구들을 불러 앉히는
밥상.

소나기

빗방울이
우두두
참깨처럼
떨어진다.

용접 불꽃처럼
번갯불
번쩍하는 사이

천둥이
먹구름을
쿠쿠쿵!

깼단 털 듯
털었나 보다.

동물원의 동물들

소풍을 가려고
동물들이 회의를 했습니다.

사자가 먼저
― 힘센 내가 제일 앞에 갈게
― 무슨 소리야, 키는 내가 더 큰데

기린의 말이 떨어지기 무섭게
코끼리가
― 덩치로 말할 것 같으면
　내가 단연 으뜸이지!

입 큰 하마도
꾀 많은 여우도
한 마디씩 거들었습니다.

그때였습니다.
묵묵히 듣고 있던 코뿔소가
― 난, 눈도 지독히 나쁜 데다
　커다란 뿔이 앞에 불쑥 솟았거든

그래서 하는 말인데 너희들
내 앞에 가다가
넘어져도
절대 책임 못 져!

그리하여 동물원의 동물들은
소풍 한 번 가지 못한 채
사람들이 오기만을
기다리고 있습니다.

德水　金奎學
1959년 경북 안동 출생
2010년 천강문학상 수상
2011년 불교문학상 수상
2012년 문화예술위원회 창작 지원금을 받아(2009년)
　　동시집 『털실뭉치』 펴냄

강아지 풀 외

김 기 리

실개천 둑길에
옹기종기
모여 있는 강아지 풀.

바람이 후후 후
입김 불고 지나가면

재빠르게 엎드려
탐스런 꼬리
슬쩍 치켜들고

살랑살랑 흔든다
사각사각 흔든다.

덥석
보듬고 싶은

할머니 집
복슬 강아지.

청개구리

─복임아, 이리 와라.
─싫어.

─복임아, 무화과 맛있다.
─안 먹어.

─복임아, 앞집 순심이 오라고 해라.
─아니야, 뒷집 영남이 오라고 할거야.

─네가 청개구리냐?
─청개구리가 어쨌게……?

─엄마 냇가에 묻으라니까 냇가에 묻고
비만 오면 떠내려갈까 봐.
엉엉 울어대는 파랗고 작은 개구리!
─말 잘 들었네 뭐…….

─하도 거꾸로만 하니까
죽으면서 엄마가 반대로 말한 거 아니니?

─ ……!

바람이 민들레에게

겁먹은 눈으로
떨고 있는 민들레에게
지나던 바람이

─너는 내가 오면
　왜 그렇게 떠는 거니?

─몰라서 물어?
우리 아이들 데려다
낯선 곳에 떨어뜨릴까 봐!

─아무 곳에서라도
네 아이들은 잘 자라지 않니?

─그래도
　외톨이가 되는 건 싫거든……

─그렇구나
하지만 나 아니면 아무 곳에도 갈 수가 없잖아!
낯선 곳도 정들면 가족이 되고 놀이터가 돼.

하얀 너울 둘러쓴 민들레 홀씨

주먹 불끈 쥐고

바람 등에 업혀 훨훨 난다.

大法輪　金起里
전남 구례 출생. 아동문예 동시. 불교문예 시 당선. 동시집으로『보름달
된 주머니』시집으로『오래된 우물』『내안의 바람』『나무사원』. 제12회
광주전남 아동문학인상 수상함.

와 불 외

부처님
이제 그만 일어나셔요.
제가 잘못했습니다.
뉘우치고 있어요.

뒷산 둥지에서
새알 몇 개 훔쳐온 일,
방아깨비 잡고 놀다
다리를 부러뜨린 일,

어머니 몰래
오락실 다녀온 일,
친구와 놀다
학원 빼먹은 일,

모두 모두 잘못했네요.
그만 일어나셔요.
아직도 화가 풀리지 않으셨나요.
부처님 말씀 잘 들을게요.

38 구름다리 건너는 풍경소리

할아버지는 전쟁 중

한여름 뙤약볕에
텃밭을 가꾸는 할아버지
잡초와 전쟁을 치른다.

아침부터 저녁까지
뽑아도 뽑아도
쉼 없이 돋아나는 풀

쳐들어온 적군처럼
바랭이, 쇠비름, 달개비……
온 밭을 뒤덮는데

제초제를 뿌려선
안된다고
호미만 들고 싸운다.

건강한 먹거리
풍성하게 얻기 위한
잡초와의 전쟁.

달빛 사냥

한여름 냇가에
왜가리 한 마리.

종아리 둥둥 걷고
사냥을 하고 있다,
긴 부리 쳐들고.

달 밝은 냇물에
노니는 송사리 떼,

콕콕
낚아채면
부서지는 달덩이.

한 입 가득
꿀꺽
달빛 함께 삼킨다.

鶴岩　金東億
《아동문예》 신인상(1985)
경상북도문학상 등 수상
동시집 『해마다 이맘때면』, 『하늘을 쓰는 빗자루』 등

파리채 외

김 종 상

엄마,
파리채 그만 둬요.

저렇게
빌고 있잖아요.

벌레소리

내가 슬플 때는
울고 있더니

내가 기쁠 때는
노래를 하네.

벌레도 내 마음과
똑 같은가 봐.

잠자리

눈이 큰 잠자리
대굴대굴
눈을 돌리니
대굴대굴
머리도 돌아가네.

잠자리가 휙!
날아오르니
지구는 휙!
한 발 밀려나네.

佛心 金鍾祥
1958년 《새교실》 소년소설 『부처손』과 1959년 '민경친선 신춘문예' 詩
「저녁어스름」 입상, 1960년 '서울신문 신춘문예' 童詩 「산 위에서 보면」
당선되었다. 대한민국문학상, 대한민국5·5문화상, 대한민국동요대상
등을 받았고, 동시집 《흙손엄마》 외 30여 권, 동화집 《아기사슴》 외 30여
권을 펴냈다. 현재, 문학신문 주필. 한국문협 고문, 국제 펜 한국본부 고
문이다.

부처님의 미소 외

김 종 영

부처님은
날마다 미소만 지으신다.

쨍쨍 무더위도, 폭풍이 몰아쳐도,
칼바람이 불어도, 눈보라가 쳐도.

사람들이 눈물지며 애원해도,
수천 번 엎드려 빌고 빌어도,
그저 두 팔로 가슴을 꼭 안으며

― 괜찮아, 걱정 마.
   다 잘 될 거야.

속말만 마음에 꼭 꼭 심어주고,
노을처럼 은은히 미소만 지으신다.

물고기 종

아빠께서 현관문에 걸어 놓으신
물고기 종.

엄마께서 들어오실 때
딸랑딸랑
산사의 파란 아침을 불러오고

나와 동생이 들어올 때
딸랑딸랑
산사의 새 소리도 푸르게 수놓고

아빠께서 들어오실 때
딸랑딸랑
산사의 사과 빛 노을도 그려주고.

빌어야지

—할머니, 뭘 해?

—부처님께 비는 거지.

—왜?

—큰 교통사고 났는데,

　동생이 별 탈 없으니, 고맙다고.

—응, 할머니 빈 덕에

　동생이 깨어났구나.

　나도 할머니처럼 했는데…….

—민석이 빈 덕에

　동생이 힘내서 깨어난 거야.

—정말?

　그럼 앞으로 소원이 있으면

　많이 빌어야지.

海雲 金 鍾 榮
1973년 조선일보 신춘문에 동시 '아침' 당선
한정동아동문학상 외 다수 수상
전국창작동요제 100여곡(작사) 입상
동시집 8권, 동화집 2권 펴냄
한국문인협회, 솔바람 회원 등

벚꽃 문안 외

박 방 희

산문에서부터
둥둥

구름으로
올라와

대웅전
마당에선

뭉게뭉게
뭉게구름으로

부처님께
문안 여쭙네,

벚꽃이.

봄 여름 가을 겨울

아지랑이를 보고
새순을 보고
꽃을 보고
보고
보고
보고
보는
봄.

본 것들이
열매를 맺는 여름
열리고 열리는
여름.

열매 맺은 것들이
하나
둘
거두어지는 가을.

새들도 거두고

다람쥐도 거두고
개미도 거두고
사람도 거두고
땅도 거두어
겨울을 나면,

내년 봄에
다시 보게 될
봄.

만 선

박 방 희

조실 스님 방
댓돌에

구름이
신고 가다
벗어놓은

하얀
고무신
두 짝.

나절 볕이
만선이다.

長山　朴邦熙
경북 성주에서 태어나 1985년부터 무크지 『일꾼의 땅』과 『민의』『실천문
학』 등에 시를 발표하며 등단, 2001년 『아동문학평론』에 동화, 『아동문
예』에 동시가 당선되고 동시집으로 『참새의 한자 공부』, 『쩌렁쩌렁 청개
구리』, 『머릿속에 사는 생쥐』, 『참 좋은 풍경』, 『날아오르는 발자국』, 『우
리 집은 왕국』, 『바다를 끌고 온 정어리』, 『박방희 동시선집』 등과 시조집
『너무 큰 의자』, 시집 『정신이 밝다』 등이 있다.

바다와 하늘 외

하늘 네가 내려 준
보름 달빛 한 아름.

바다 내 가슴 물결 위에
반짝반짝 재미탄다.

바다 내가 올려 준
통통배 노랫소리.

하늘 네 등 구름 위에서도
통통통통 들린다.

우린
푸른 마음으로 맺어진
한결같은 친구.

수평선 그곳은
물, 하늘의 만남

여름 바다

하얀 파도 소리
아이들의 함성
서로 껴안고
뒹굴고
부딪치고
깔깔댄다.

행여
해수욕장 더워질까 봐
멀리 통통배
쉴 새 없이 푸른 바람 실어 나른다.

머리 위로 갈매기 퍼얼퍼얼
여름 휴가 깃발 신나게 흔든다.

개구쟁이
하루해 까맣게 잊은 채
바다에 안기어
벗어나올 줄 모른다.

파 도

파도가
파도가

아기 웃음소리
깔깔깔 말아 가서

너르디너른 곳에
펴다 놓고

햇빛 반짝 어울려
춤을 추게 합니다.

파도가
파도가

아기 발자국
하나, 둘 사알사알
걸어 가서

푸르디푸른 곳에

늘여놓고

비틀배틀
재미나게 걷게 합니다.

書谷 朴芝鉉
1980년도 한국현대아동문학가 협회 연간 집 추천으로 등단
1983년 5월 28일 부산아동문학상, 1993년 01월 16일 한국아동문학상,
2012년 5월 25일 이주홍문학 본상 아동문학부문 수상
저서 2010년 『아이들이 떠난 교실 안 풍경』 외 4권
현재) 부산아동문학인협회 자문위원, 한국아동문학인협회 자문위원,
    한국동시문학회 회원

강 외

백 두 현

높은 산 위에서
태어난 실뱀이

졸졸졸―

골짜기를 미끄러져
내려오더니

넓은 평야를 지나며
거침없이 자라

꿈 틀
    꿈
     틀
   꿈   틀
     틀   꿈
     꿈 틀

용이 되었다!

주말 농장

컴퓨터 게임하다가
아빠 따라
농장에 간 승호.

풀을 뽑으랬더니
옥수수만 뽑는다.

해님이 내려보고
"이크— 혼날라!"

"깍깍—"
"그럼 안 돼!"
산 까치도 야단친다.

헛 배

바다 친구들 보면
복어는 샘이 난다.

상어보다 날카로운
이빨을 갖고 싶어

참치보다 힘차게
물살을 가르고 싶어

복어는 아랫배를 자꾸
빵빵하게 부풀렸다.

배는 내가
바다에서 가장 크다!

石橋　白斗鉉
자유문학 동시 추천. 선수필 신인상. 불교아동문학작가상. 중봉조헌문학
상. 한국불교아동문학작가상 수상
수필집으로『삼백리 성못길』등

도망가지 마, 잠 외

설 용 수

— 잠을 못 자서 머리가 띵하네.
— 왜 못 자요, 할머니?
— 잠이 자꾸 도망가는 걸.

밤 열 시,
난 매미채 들고
할머니 방 앞에 앉았어.
—잠아, 도망가지 마,
할머니 푹 주무시게.

그런데 그 녀석이
몰래 몰래 나에게로 왔나 봐.
할머니가 깨우는 소리에
벌떡 일어나니
아침 일곱 시지 뭐야.

두고 봐라, 잠.
오늘 밤엔 꼭 너를 잡아서
할머니 눈에 넣을 테다!

부처님오신날

온 식구가
절에 가서 연등을 달았다.
절집 마당 가득
부처님이 웃고 계셨다.
돌아오는 길에
피곤한 엄마를 생각해서
외식을 하기로 했다.
아빠 ― 싱싱한 회 어때?
나 ― 불고기 먹어요.
동생 ― 난 후라이드 치킨.
듣고 있던 엄마가
조용히 말했다.
― 오늘은 부처님오신날이잖아.
우리는 모두
산채비빔밥을 주문했다.
밥을 한 수저씩 뜰 때마다
부처님의 미소가 가득했다.

같은 것도

설 용 수

공책,
나에겐 학용품이 되고
동생에겐 낙서장이 된다.

이슬,
소가 먹으면 우유 되고
뱀이 먹으면 독이 된다.

핵,
남에선 전기가 되고
북에선 무기가 된다.

龍樹行　薛龍水
한양여자대학교 문예창작과 졸업. 건국대학교 대학원 상담심리 졸업. 동
시집『뿅망치 구구단』외 1권 출간. 동화집『눈사람아 춤추겠다』외 여러 권
출간. 동극「교실귀신」외 여러 편 무대에 올림.

소나기 죽비 외

—그렇게 졸고 있으면
열매는 언제 키우는고!

소나기 죽비*가
호박덩굴, 오이덩굴을
사정없이 내리칩니다.

화들짝 놀라
번쩍 정신을 차린
호박덩굴, 오이덩굴

언제 졸았느냐는 듯
늘어뜨렸던 잎줄기를
곧추세워 앉습니다.

---

* 죽비 : 깨달음을 주는 매.

서운암 장독

서운암* 마당에 가면
스님들 따라 가부좌 튼
수백 개 장독이 있지.

된장독
간장독
고추장독.

마음을 닦듯
장을 익히는
장독들.

제대로 된
맛을 내려고
묵언수행 중이지.

---

* 서운암 : 양산 통도사에 딸린 암자.

똑같은 물

―나보다 멋진 눈사람 있음 나와 보라 그래.
―난 왜 이렇게 작고 못생겼지?

콧수염 달고 우쭐대던 오빠 눈사람도
비뚤어진 코에 주눅 든 내 눈사람도

햇볕이 나자
점점점 작아지더니
모두 물이 되었다.

멋지지도
못나지도 않은
똑같은 물이 되었다.

光明心 辛 易 臨
1996년《서울신문 신춘문예》동화 당선. 2011년 '황금펜아동문학상' 동
시 당선.그림동화책『염소배내기』외. 동시집『발가락들이 먼저』

눈 길 외

신 지 영

쌓인 눈에 길이 지워졌다.
그런 날은 발이 길이 된다 .
몸의 가장 낮은 곳에서 걸어갈 곳을 짚어준다.

물의 뼈

물렁물렁한 물에 뼈가 어디 있을까?
출렁이는 물에 뼈는 어디 숨었을까?

겨울 날 연못에서 보았지.
투명한 물의 뼈.
넓적하게 빛나는
커다란 통뼈.
바람을 막고 연못 식구들 껴안아 주려
뼈가 된 살을 보았지.

들 꽃

지나가던 아이가
들꽃을 꺾었다.
꺾인 허리에서
풀의 피가 배어나왔다.
내 마음 어딘가도
톡 꺾였다.
보이지 않는 곳에
생채기가 났다.

菩提心 申智永
2007년 〈아동문학평론〉 신인문학상으로 등단. 2008년 강원일보 신춘문예 동시 당선. 2009년, 2010년 '푸른문학상' '새로운 작가상' '새로운 평론가상' 당선. 2011년 창비 좋은 어린이책 기획부문 당선. 동화책『안믿음 쿠폰』, 동시집『지구영웅 페트병의 달인』, 청소년 시집『넌 아직 몰라도 돼』, 청소년 소설집『프렌즈』어린이인문교양서『너구리 판사 퐁퐁이』등 출간.

사탕 비 외

신 현 득

좋은 세상 되게
가끔, 착한 애들 집, 마당에
사탕 비가 내렸으면 좋겠어.
우리 집 마당에 먼저 내렸음 좋겠어.

흙 묻지 않게
단단하고 투명한 캡슐에다 한 개씩 넣은 사탕.
모양은 여러 가지, 모두 예쁜 것으로.
마당 한가득 내렸음 좋겠어.

캡슐에 봉한 과자가
섞여 내려도 좋지.
찹쌀떡을, 뻥튀기를 섞어도 좋지.

이걸 모두 거두어다 쌓아 놓고
한 보따릴
교실에 갖고 가는 거다.

애들에게 나눠주면서
"착하다는 선물이야. 우리 마당에 사탕비가 내렸다."

"일차로 먼저 내린 거야."
하고 소문을 내면

고집쟁이 · 떼쟁이 · 게으름쟁이 · 거짓말쟁이,
말썽꾸러기 · 심술꾸러기 · 장난꾸러기 · 잠꾸러기,
싸움대장 · 지각대장 · 울기대장 · 잊어먹기대장…….
쟁이, 꾸러기, 대장이 싹 없어질 걸.

착한 애 많아서 나쁠 건 없지.

메주는 생각 없이 뜨냐?

할머니 할아버지 디뎌서,
네모지게 디뎌서
맞들어서 달아 논 메주가
뜨뜻한 온돌방에서 뜨고 있다.

메주는 말없이 뜨냐?
"그 온돌방 뜨스다."
"우리 잘 뜨라고 불을 지폈나봐."
그 말, 하면서 뜬다.

메주는 생각 없이 뜨냐?
'할아버지 내외는 두 식구뿐인데
우린 왜 이렇게 여럿이지?
그 생각, 하면서 뜬다.

'서울 사는 아들네 몫이
여기에 있나봐. 누구지'
그 생각, 하면서 뜬다.

'순천 산다는 딸네 몫이

여기 누구지?'
그 생각, 하면서 뜬다.

그 생각도 못하면 메주 아니지.

돈벌이보다 값진 일

우리 아빠 박경대 박사는,
야생동물 병원장.
병원에는 주루룩 동물 입원실.

올가미에, 덫에,
차바퀴에 다친 산짐승,
고라니 · 노루 · 너구리…….

날개 다친 산새들,
올빼미 · 부엉이 · 독수리…….
호미 끝에 찍힌 두더지까지.

추위에 굶주리다
겨우 겨우 목숨 붙은 짐승들까지.

아픈 자식 돌보듯
약 먹이고,
약 바르고,
주사 놓기,
붕대 감기…….

바쁘다, 우리 아빠 박 박사.

풀만 먹는 초식 환자.
고기 찾는 육식 환자.
먹이 구하기에도 바쁘다,

"아빠, 이거 돈벌이 돼?"
"돈벌이보다 값진 일이야."
내 물음에 아빠는 언제나 같은 대답.

우리 아빠 하는 일은
돈벌이보다 값진
동물 사랑이야!

善行　申鉉得
조선일보 신춘문예 동시 가작 입선(1959)
세종아동문학상(1971), 한국불교아동문학상(1997) 등 수상
저서 : 동시집 『아기 눈』(1961), 불교설화개작동화집 『노힐부득과 달달박
박』(1985) 등

씨앗을 넣는 일 외

양 인 숙

흙에 씨앗을 넣는 일은
자연에 공양하는 것이다.

씨앗이 추위 탈까
가뭄 들어 목마를까
벌레가 생길까
걱정은 안 해도 된다.

흙에게는 할 일을 주는 것이고,
해에게는 웃음 주는 일이다.
벌레가 생기면 새가 맛있는 밥을 먹을 수 있고,
바람에겐 줄 것 없어 향기를 준다.

자연이 스스로 되어가니
씨앗, 흙에 넣는 일,
그 작은 수고가 여럿을 즐겁게 하는 일이다.

꽃의 공양

꽃은 자신을 키워 주는
자연에 보답할 길이 없었다.

뿌리를 감싸 주어 반듯하게 설 수 있게 하는 흙.
마른 목을 축여주고 쑥쑥 자랄 수 있게 하는 비.
광합성 작용을 하여 배부를 수 있게 하는 해.
정보를 주고받으며 멀리 이동할 수 있게 해 주는 바람.

그래서 곰곰 생각해 봤죠.
모두에게 고마움을 전할 수 있는 것이 무엇일까?
나만의 마음을 전할 수 있는 것은 무엇일까?

생각?
생각!
한 끝에 꽃은

맞다, 그거다.
바람님? 바람님!
저 좀 도와주세요.

바람의 도움을 받아 향기를 내기 시작했어요.
흙, 비, 해, 바람은 물론
그 향기를 맡은 사람들까지
행복하게 했지요.

오 월

풀도 화를 낼 줄 안다.

풀이라고
풀   풀
 풀 풀
   풀
풀
자존심도 없이 사는 것은 아니다.

밟혀도 자리를 지키고,
뽑혀도 정신 한 조각 흙 속에 남기고,
순간의 조건에서도 재빨리 씨앗을 남긴다.

풀이 화를 낼 때는,
자신을 몰라준다거나
밟히거나
꺾일 때가 아니다.

자유롭지 못했을 때 화를 낸다.
풀은 화가 나면 목숨을 내 놓는다.

풀도 한 번의 목숨이지만

그래도 풀은 죽어도 죽지 않는다.

月下蓮 梁仁淑
아동문학평론 신인상 동화 당선
조선일보 신춘문예 동시 당선
저서로는 동시집 『웃긴다 웃겨 애기똥풀』 외 1권 동화집 『담장 위의 고양이』 외 2권이 있으며 『덕보야, 용궁가자』가 "세종도서 문학나눔"에 선정되었다. 동심을 잃지 않는 사람으로 살고자 한다.

빙그레절 외

—앙코르 왓트

앙코르 왓트
돌탑에 새겨진
부처들 웃음.

발밖에 없는 데도
돌부처는
빙그레.

몸통밖에 없는 데도
돌부처는
빙그레.

불전 계단을 볼볼 기어오르는
사람들에게도
빙그레.

마음의 손 맞잡으려고
빙그레 웃음 짓는
앙코르 왓트 돌부처.

어름사니 발
– 남사당 줄타기를 보고

팽팽한 줄에 오르는
어름사니* 발에
눈이 켜진다.

양쪽 바지랑대에 묶인 줄을
눈 밝힌 발이
사뿐사뿐 줄타기한다.

통통 구름 위로 팅겨올라도 보고
다다다다 바람과 달려도 보고,
밟아 단단해진 줄등허리에 엎드린
가쁜 맨발의 숨소리.

구경꾼들 손에는
땀이 한 주먹.
어름사니 발에도
땀이 한 주먹.

---

* 어름사니 : 남사당에서 줄 타는 사람.

까망돌담

집 끌어안고 있는
까망돌담.

밭 끌어안고 있는
까망돌담.

구멍 숭숭 뚫린
제주 까망돌담.

바다일 나간 아즈망* 대신
바람 달래느라
바쁘다.

---

* 아즈망 : 아주머니, 제주 사투리.

慈恩心　禹点任
아호는 점임. 단국대학교대학원 문예창작(아동문학)을 전공했다. 오늘의
동시문학에 동시 〈바람 리모콘〉으로 등단 후, 단국문학상 동시부문 신인
상, 서울문화재단 창작지원금 수혜, 경남아동문학상을 수상하고 현재 작
가 활동 중이다.

그 말 한 마디 외

윤 이 현

바람이 불어오면
바람개비는 신이 나서
돌고돌고 돕니다.

나는요,
엄마의 그 말 한 마디에
그냥 신바람이 납니다.

"우리 아들 최고야,
 사랑해!"

우리 둘이는

―미안 미안 미안.
　아깐,
　내가 잘 못 생각했어.

―아냐,
　내가 억지 부렸었어.

누가
먼저랄 것도 없이
서로 내민 손.

봄눈 녹듯
녹아내린 두 마음
꽉 잡은 두 손.

후 회

퍼르르륵
부아를 못 참고
쏘아붙인 말
하나도 생각 안 난다.

조금만 참았음 될 건데
조금만 참았음 좋았을 텐데

민수는 토라져 가 버렸다
뒤도 돌아보지 않고서

아빠는 이따금씩
참는 게 약이라고 했는데
참는 것이 약이라고…….

高賢　尹 伊鉉
월간 『아동문예』로 등단(1976). 한국불교아동문학상, 한국아동문학작가
상, 대한민국동요대상(노랫말부문) 등을 수상함. 동시집 『꽃집에 가면』
외 9권, 동화집 『다람쥐동산』 외 4권, 『윤이현 동시선집』 등을 펴냄.
초등학교 교장으로 정년퇴임, 현 한국문인협회자문위원, 한국아동문학
회지도위원, 전북완주문인협회지부장

죽 비 외

이 동 배

큰 스님 높은 말씀
이런 말씀 저런 말씀
내리치는 죽비소리
조는 스님 깜짝 놀라
어머나,
커다란 마음
맺어주는 자비심.

천왕문

산속 깊은 절에 가는
첫 번째 길목에는
험상궂은 넷 천왕
커다란 칼과 몸뚱이.
겁이 난
나쁜 사람들
슬금슬금 간이 졸여요.

연 꽃

하늘 향해 무엇을 달래나요?
커다란 손 마음껏 벌려요.
가물다고 비 좀 주래요
따뜻한 햇볕한 줌 주래요
연잎은
손이 커다래서
받고 싶은 것도 많아요.
물속에 숨어 있던
예쁘고 고운 얼굴
향기로운 냄새 폴폴
생긋 날리며 활짝 웃어요.
자꾸만
담아주고픈
달빛 별빛 모으며.

淸心 李東培
계간 현대시조 신인상(1996년), 아동문예 아동문예상(2010년), 현대시조
동인, 섬진시조문학회장, 경남·진주시조시인협회 부회장, 경남문협 이
사, 경남아동문학회원, 한국불교문인협회원, 국제펜클럽회원, 시조집
『합천호 맑은 물에 얼굴 씻는 달을 보게』 3인 사화집 2004.『흔적』 도서출
판 고요아침 2013, 현 김해삼성초등학교장.

비가 갠 오후 외

이 성 자

오늘은 비가 갠 오후
땅을 보며 조심조심 걷는다.

겁도 없이
시멘트바닥으로 기어 나와
지렁지렁
돌아다닐지 모를
지렁이 만날까봐서.

오래 전, 시멘트바닥에서
놀고 있던 지렁이
나도 모르게
밟았던 미안한 기억.

그날도 비가 갠 오후였다.

동욱이

동욱이 호주머니에서
돌멩이 두 개 빼앗아
휙 던졌더니, 벽에 맞고
소리 지르며 떨어졌어.

―소영이가 아프다!
  찬호도 아프다, 아프다!

돌멩이 주워 담으며
두 눈에 눈물 그렁그렁.

좋아하는 반 아이들 이름
돌멩이마다 새겨놓고
날마다 친구했을까?
우리 반 지적장애2급 동욱이

맨날 놀리고 왕따 시켰는데…….

왕거미

거꾸로 매달린 채
사냥감의 신호 기다리고 있어.

스스로 만든 건축자재로
집을 짓고,
먹는 것도
집에서 해결하고

부실공사도 절대 않는다고
큰소리치는 왕거미

출렁,
왕거미 집에
정말 맛있는 사냥감 걸렸어!

平等行 李 誠 子
전남 영광출생(1949). 아동문학평론신인상(1992)과 동아일보신춘문예
(1996)에 당선되었으며 방정환문학상 등을 수상. 지은 책으로는 『너도 알
거야』, 『키다리가 되었다가 난쟁이가 되었다가』, 『입안이 근질근질』, 『내
친구 용환이삼촌』, 『손가락 체온계』, 『넌 멋쟁이야』 등이 있음. 현재 광주
교육대학교와 동 대학원 출강.

친 구 외

이 수 경

6학년 되고 3일째
전학 온 남자애.

오른쪽 다리
심하게 절며

3모둠 가
앉은 그 애.

쉬는 시간 되어도
덩그러니 앉았기에

사부자기 다가가
화상흉터 꽤 깊은
내 왼손 내밀었어.

그 애와
그렇게 친구가
되었어.

식 구

열린 대문으로
언제부턴가
슬금슬금 들어와서는
떠돌이 개 검둥이

엄마가 밥 하면
설마 다 먹긋냐
나 좀 안 주긋나

저만치 오이나무꽃빛
아래 앉아
딱 그 눈빛으로 본다.

그 눈빛 보고
어떻게 안 줘.

나눠 먹다 보니

이제 식구 다 됐다.
이렇게 식구가 됐다.

정든 개구리

이 수 경

우리들이 매일매일 들여다보며 밥 주고
관찰일지 함께 쓰며 아플까봐 걱정했던
우리 반 어항에 꼬물꼬물 올챙이.

뒷다리 나왔다.
앞다리 나왔어.
다 함께 기뻐서 소래기탄 터지고
교실로 튀어나와 우리랑 함께 놀았는데
어제 종례 마치고
학교 앞 모낸 논에 풀어주고 왔지요.

잘 살아라. 건강해라. 인사도 놓아주고
뒤돌아 자꾸 보며 서운한 맘 두고 왔는데

오늘 아침 백로를 그 논에서 봤어요.
아니?
나는 가슴이 철렁ㅡ 내려앉았어요.

白蓮華 李壽庚
2009년 조선일보 신춘문예로 등단하였다. 황금펜아동문학상, 눈높이아
동문학상, 한국안데르센상, 경기문화재단 창작기금, 대산문화재단 창작
기금을 받았으며, 저서로는 『우리 사이는』, 『갑자기 철든 날』, 『억울하겠
다 멍순이』, 『눈치 없는 방귀』 등이 있다.

나무가 하는 말 외

이 승 민

나무가 하는 말
가만히 들어보아요.

"새들아, 이리 와서 앉아."
"곤충들아, 너희들도 어서와."

"사람들도 제 그늘에서 쉬세요.
어서어서 자라서
더 깊은 그늘을 만들게요."

나무가 하는 말
가만히 들어보세요.

설날 떡국

설날에 떡국 먹으면
나이 한 살 더 먹는대요.

설날에 떡국 두 그릇 먹으면
두 살 더 먹을까요?

떡국을 안 먹으면
나이도 안 먹을까요?

할머니 떡국도 내가 먹으면
할머니 나이도
내가 대신 먹을 수 있을까요?

나의 꿈

내 꿈은
자꾸만 바뀌어요.

어제 꾼 꿈
오늘 꾼 꿈
다르게 바뀌네요.

이제 나는
내 꿈이 무엇인지 모르겠어요.
그렇게 바뀌면서 내 꿈도 자라나 봐요.

地藏行　李承珉
아동문학연구신인상(1991), 창주문학상(1994), 한국아동문학창작상
(2009), 동시집『물소리 바람소리』,『기차를 따라오는 반달』

구름다리 건너는 풍경소리 외

이 창 규

법당 처마 끝에서
풍경이,
바람 손님 왔다고

"댕그랑 댕그랑!"
"댕그랑 댕그랑!"
인사한다.

바라보던 동자승이
합장을 한다.

풍경소리가
멀리,
구름다리 건너간다.

"댕그랑 댕그랑!"
"댕그랑 댕그랑!"

탑돌이

동자승이
탑을 안고
돌고 돌았다.
탑이
동자승을 안고
탑돌이 한다.

동자승이
합자하고
탑을 돌았다.
탑이 제 스스로
탑돌이 한다.

부처님께
다가서고 싶어
눈을 감았다.
동자승이
부처님 되어
탑돌이 한다.

가사 입은 꼬마 스님

부처님께 출가한
꼬마 스님.
부처님 품은,
산보다
더 깊은
엄마 품이다.

큰 스님 내리신
붉은 가사
장삼 위에 입으니,

어엿한
스님 되었다.

牛峰 李昌圭
국제PEN한국본부 경남회장으로서 '경남PEN문학' 출간 후 2015년 부회
장단, 운영, 이사 간담회를 통하여 사업을 확정하고 회보 제4호를 발행하
였음.
지방 아동문학가로서 한국불교아동문학회장에 취임. 지난 1월 9일 조계
종을 방문하고 2015년 사업 내용을 확정, 지역 이사를 구성하여 추진 계
획하고 있음.
현재 한국문인협회 자문위원으로 활동하면서 창원대학교 2015년 1학기
종강 무렵, 『이창규 동시선집』을 상재하였음.

답 외

산에 내린 비는 답을 안다,
어디로 흘러가야 하고
어디에 닿게 된다는 걸.

바다의 물은 답을 안다,
어떻게 받아야 하고
흘러오는 건 다 받아야 된다는 걸.

서로 답을 알기에
마음도 이해하는지

산은 뒤꿈치 들지 않고도
바다가 보이고

바다는
엎드려있어도 산이 보인다.

정물화 그리기

눈가가 곰실곰실
장난기 가득한 정환이.

축구를 좋아해
늘, 발을 움직이는 동건이도

정물화 그리는 시간
눈동자에 진지함이 가득했다.

정물에 눈빛을 쏘며
"내가 널 그릴 거야!"

정물 속으로
빨려 들어간다.

그러자, 정물이 기우뚱!
오히려 장난칠 것같다.

처마 끝에 빗방울이

비가 그쳤네.
비가 그쳤네.

햇살은 반짝.
구름은 뭉게뭉게.

"밖에 나가자."
"밖에 나가자."

다섯 살 짜리
우리 아가 감기 걸렸는데

엄마 손 잡고
칭얼칭얼.

아빠 손 잡고
당기고 당기고

그 때 엿보던 빗방울
"안 돼, 안 돼.

아직 안 돼요!"

처마 끝에서
똑, 똑,
똑!

蓮花行　張勝蓮
제주 애월 출생. 제주대학교 교육대학원 졸업(국어 교육 전공)
1988년 아동문예 동시작품상 당선으로 등단. 아동문예작가상 한정동아
동문학상, 한국아동문학상, 한국불교아동문학상 수상
시집 『민들레 피는 길은』, 『우산 속 둘이서』, 『바람의 맛』
초등학교 국어 4-1 산문 등재. 현재 제주시 해안초등학교 교장

송송 배추 외

장 지 현

배추벌레가 먹고 남긴 배추
고기 싸서 먹는다.
김치담가 먹는다.
이웃과 먹는다.

벌레도 먹고
사람도 먹고

나눠먹어서 더 맛있다.
주말농장에서 키운 배추
구멍 송송 배추.

튼튼 단골집

"골프장공사 절대 반대!"

동네사람들이 똘똘 뭉쳐
오랜 단골집을 지켜냈다.
단골집은 그 보답으로
올해도 변함없이
파릇파릇 환한 맛을 선보인다.

쑥, 냉이, 돌나물……
푸짐하게 내놓으며
사람들 입맛 확 사로잡는다.

푸른 뚝심으로 승부하는
우리 동네 튼튼 단골집
뒷산.

보물 발견

동생과 나눠 먹으려고
사과 한 개, 반으로 잘랐더니
활짝, 내보이는 하트 모양!

잘했다고
사이 좋게 나눠 먹는 것도
사랑이라고,

우리가
깜박하고 있던 보물을

사과가
툭 까놓고 보여줍니다.

善行心   張旨見
《문학세계》(2003), 《오늘의동시문학》(2006)
한국 동시문학(2009) 동시 당선
일러스트레이터 활동

매 미 외

장 진 화

1학년 교실
아이들 입 맞추어
책을 읽는다.

창밖 벗나무 교실
매미들도
따라 읽는다.

화단에 핀 함박꽃 서너 송이
주억주억
머리박자 맞춘다.

소　원

엄마에게
최신형 울트라 더듬이가 있다.

회사 마친 아빠
어디서 술 마시는지?
학원 빼먹은 날
내가 어디에 있는지?
사고뭉치 내 동생
누구랑 또 싸웠는지?

참말인지, 거짓말인지?
척하는지, 아닌지?
모두 다 아 —
안다.

우리 엄마
최신형 울트라 더듬이
몰래 숨겨버리고 싶지만
시험 치는 날만
빌려 갈 수 있다면—.

항 구

작은 고깃배들
엄마인양
선착장에 달라붙는다.

비릿한 생선 냄새 먹고
달콤한 젖 냄새 먹고

하나 둘 나란히
하늘을 올려다본다

오늘 하루
착하게 잘 지냈느냐고
다닥다닥
어깨 기대며

眞華心 張 眞 華
2013년 《아동문예》로 등단
이원수 문학관 사무국장

노인과 아이 외

조 철 규

수염이 허연 노인이 느릿느릿 걷고 있다.
빨리 걷는 아이보다 늘 한 발 뒤져 있다.
노인은 느린 거북이고 아이는 빠른 토끼다.

수염이 허연 노인이 느릿느릿 걷고 있다.
빨리 걷는 아이 보다 늘 한 발 뒤져 있다.
노인은 걸어가면서 쉬고 아이는 쉬다 뛴다.

마을 길

아이가 폴짝폴짝 산길을 가고 있다.
참나무 산길 가며 숲이 되는 아이들.
숲길이 깊어질수록 새가 되어 나른다.

아이가 달랑달랑 들길을 가고 있다.
손을 들어 한들한들 꽃이 되는 아이들.
하늘이 어두워지면 별로 반짝거린다.

마을 어른 쉬고 있는 큰 나무 앞 지나가면
흰 구름 서너 뭉치 한가롭게 걸려 있고
희망이 꼬리 흔들며 주인 좇아 나온다.

목장에서

새끼를 데리고서 어미 말이 내게 왔다.
콧등을 쓸어 주며 반갑게 인사했다.
말 가족, 그들과 우린 전생 인연 있었다.

길을 가는 아이들을 어미 말이 보고 있다.
이쪽 무리 조잘조잘 저쪽 무리 재잘재잘
자기네 하는 이야기, 귀담아 듣고 있다.

眞愚 趙哲圭
1980년 불교신문 신춘문예 당선. 시집 『넉넉한 행복』 외. 시조집 『시간이
흐르는 소리』 외. 수필집 『나무가 생각하는 숲』 외. 동화집 『산골촌닭과
서울까치들』 외. 전기집 『바다를 닮은 대통령』 외. 30여권 집필. 한국사
진대전 특선 및 개인사진전 12회 발표. 현재 한국국립공원진흥회. 한국
산서회 회원. 계간 『계절산행』 발행인 및 편집인. 시 전문지 『둘레길시』
주간. 산행문학관 관장/ 참나마을 대표

귀뚜라미의 노래 외

조 평 규

부처님 계시는 곳
기와집인데
귀뚜라미 가족도
함께 살아요.

전세금도 사글세도
받지 않아서
귀뚜라미 가족은
노래를 대신.

무거워서

과일 나무 가지가
휘어진 것은
주렁주렁 과일이
무겁기 때문.

노스님 허리가
굽어진 것은
몸속의 사리가
무겁기 때문.

부처님 귀에는

부처님의 귀에는
자동번역기가
여러 개 있을 거야.

한국말, 일본말, 중국말,
태국말, 미국말······.

부처님의 귀에는
아주 좋은
자동번역기가 있을 거야.

德行　曺平圭
월간문학 신인상 당선
동화집 『서서 자는 말』, 동시집 『아름다운 세상』
한국아동문학상, 한국불교아동문학상 등 수상

부처님오신날 외

최 만 조

산너머 그 절에 가면 부처님 곁에서
우리 할머니가
불심을 담고 계신다.

오늘은
법당에서 기도하시는
우리 할머니 보고 싶다.

우리 할머니 따라 가던 그 절에 가면
부처님오신날
기도하시는 그 모습.

오늘 밤
연등 달고 계시는
우리 할머니 보고 싶다.

저녁 예불

할머니 따라 뒷산 암자에 갔었다.
저녁 예불 마치고
저녁 공양 하였다.
탁탁탁 죽비 소리에
숨소리 조용히 잠재우고
스님 뒷줄에 앉아서
저녁공양 따라 했다.
빈 그릇 물로 씻고
깨끗한 수건으로 닦았다.
스님들 하는 공양처럼 잘 하면
집에서도
음식물 쓰레기 나지 않고
음식 절약 잘 되겠다.

새벽 종소리

떼엥

떼엥

이른 새벽하늘 희미한 산안개 헤치고

종소리 울려 퍼진다.

숲속길 지나 산사 하늘

새벽을 깨운다.

섬잠을 깬 동자승이

이불 속에서

두손 모아 합장 하고는

눈을 비빈다.

나무아미타불!

관세음보살!

꿈속의 동자승이

종소리 가슴에 안고

승방을 나선다.

갈뫼 崔 萬祚
동시등단 〈아동문예 〉 동시조 〈 부산시조〉
동시집『고향에 피는 진달래』 외 다수 펴냄
초등국정 교과서(6-2)에 '농악소리' 동시 작품이 수록

동화·아동소설

곽종분　김상희　김영순　김옥애　김일환　도희주

박선영　박춘희　반인자　봉현주　손수자

양정화　오해균　윤사월　이연수

이영호　전유선　정명숙

춤추는 수돌이

곽 종 분

    깊은 산골짜기 아랫마을에 사는 새 신랑은 새 각시를 맞이하여 살림을 차렸습니다. 각시는 산나물을 캐고 신랑은 약초를 캤습니다. 가을엔 약이 되는 여러 가지 열매를 땄습니다. 장날이 되면 내다 팔았습니다.

    신랑 각시 부부의 저축통장은 차곡차곡 그래프가 높아졌습니다. 집으로 돌아오는 길에 통나무와 돌멩이도 주워 뜰에 쌓았습니다.

    신랑 각시는 깨가 쏟아졌고 매일 소꿉놀이 하듯 즐거웠습니다.

    살림도 차차 불어났습니다.

    그리고 더더욱 즐거운 일은 각시의 배속에 아기가 생긴 일입니다.

    "여보 우리 아기 잘 커 가요?"

    "아이 참."

    각시는 몹시 수줍어했습니다.

    틈만 있으면 주워 모은 돌멩이와 통나무도 점점 높이 쌓여갔습니다.

    하루하루 각시의 배도 살림만큼 점점 불러왔습니다.

    "여보, 빨리 어머니 방을 만들어 어머니를 모셔 와야 하겠어요."

    "그렇게 합시다."

    그날 신랑은 장에 갔습니다.

서까래 대들보 통나무들을 준비했습니다. 어머니 모실 방을 지을 준비를 했습니다.

"영차 영차, 할머니 집 짓는다. 아가야 기다려."

정성을 다해 노력 끝에 할머니 모실 방을 다 지었습니다.

어머니를 모셔 왔습니다.

"애들아, 방이 정말 따뜻해 좋구나."

"우리 아기와 어머니와 이 방에서 놀아야지요."

며느리의 배는 너무 불러 있었습니다.

"아가 욕봤다."

각시는 수줍게 신랑을 가리켰습니다.

"저이가 수고 많아."

'여기가 극락이구나.' 할머니는 며칠을 따뜻한 방에서 쉬었습니다.

각시가 아기를 낳았습니다.

"고추다 고추. 아가 욕 봤대이."

혼자 약초를 캐러갔던 신랑이 약초를 많이 캐서 집으로 돌아왔습니다.

"방에 가봐라."

"달덩이 같은 아들이대이."

"어머니, 수고 많이 하셨습니다."

신랑은 아기의 이름을 수돌이라 지었습니다. 예쁜 수돌이는 잘 자랐습니다.

따뜻한 봄이 다가왔습니다.

"어머님, 저도 이제 나물 캐러 나가 보렵니다."

"얘야, 산후 조리를 더 해야 한다."

그러나 며느리는 가까운 산으로 나물을 캐러 갔습니다. 아기 젖을 주려고 자주 집에도 왔습니다. 수돌이는 무럭무럭 잘 자랐습니다.

할머니와 신랑각시, 아기, 온 가족은 행복했습니다.

그런데 수돌이가 돌이 다 되어갈 무렵에 몹시 아팠습니다.

병원에 갔더니 의사는 수돌이가 척추 병을 앓고 있다고 했습니다. 집 안에 날벼락이 떨어졌습니다.

"어쩌면 우리 수돌이에게 몹쓸 병이…"

할머니는 너무도 슬펐습니다. 수돌이 아빠도 엄마도 넋을 잃었습니다. 아빠는 산에 가면 바위에 앉아 산새들을 바라보며 탄식을 했습니다.

'꿩도 다람쥐도 한 마리 잡아 본 일이 없는데 왜 이런 일이 생겼나……'

"새들아 대답 좀 해 봐라."

행복이 가득찼던 수돌이 집에 불행이 닥쳤습니다.

수돌이의 병은 점점 심해졌습니다. 아무리 병원에 다녀도 소용이 없었습니다. 좋다는 약초도 다 먹여 봤습니다.

수돌이 병은 돌이 지나고 한 살 두 살 나이를 먹어도 소용없었습니다.

"아가 수돌이를 데리고 절에 가보자."

절에 가니 스님이 수돌이를 보시더니, 백일기도를 올리라 하셨습니다.

백일기도를 올리려고 수돌이를 데리고 열심히 절에 다녔습니다.

수돌이 아빠는 수돌이와 수돌이 엄마가 안쓰러웠습니다.

"수돌아, 오늘은 아빠 지게에 타고 앉아서 가자."

온 가족이 정성을 다했습니다.

수돌이의 앓던 병은 차차 나았습니다.

그러나 수돌이의 굽어진 등은 펴지지가 않았습니다.

수돌이가 일곱 살 되던 해 읍내로 이사를 갔습니다.

수돌이는 학교에 가게 되었습니다. 이때부터 할머니는 절에 들어가셨습니다.

"수돌아, 선생님 말씀 잘 들어야 해."

수돌이는 공부를 잘했습니다.

"어머니, 저도 절에 할머니 뵈러 가고 싶어요."

일요일이 다가오자 수돌이도 아버지 지게에 앉아 절에 갔습니다. 스님이 수돌이에게 나반존자를 부르며 절을 하라고 하셨습니다. 수돌이는 열심히 절하며 나반존자님을 불렀습니다. 스님은 목탁을 쳐 주셨습니다. 가끔 비웃는 사람도 있었습니다.

"저렇게 굽은 등이 어떻게 펴져?"

"나반존자를 부른다고 등이 펴지나?"

콧방귀를 끼는 사람도 있었습니다. 꼽추가 바른 사람이 될 수 없다고 모두 숙덕거렸습니다.

그러나 정성을 다해 기도한 수돌이는 나아졌습니다.

"수돌이의 등이 바로 펴졌다는 말인가요?"

"아닙니다. 수돌이 마음의 꼽추가 다 나아졌다는 말입니다."

수돌이는 남학생이지만 무용을 즐겼습니다. 수돌이는 원하고 원하던 무용을 하게 되었습니다. 무용부에 들어가게 되었습니다.

학교 선생님도 허락해 주셨습니다. 부모님도 허락해 주셨습니다. 스님도 무용할 수 있게 도와 주셨습니다. 수돌이의 용기는 분수처럼 솟았습니다.

"나반존자님 고맙습니다."

수돌이의 그 용기는 어디에서 솟았을까요? 수돌이의 가슴에 나반존자님이 들어와 용기를 주었습니다.

수돌이의 건강은 무용을 한 이후 더욱 튼튼해졌습니다.

등은 굽은 수돌이지만 무용복을 입으면 얼굴은 제일 밝았습니다.

무용 발표 날이 다가 왔습니다.

수돌이도 예쁜 무용복을 입었습니다.

"얼굴이 달덩이 같은 저 아이가 제일 잘하네."

"그런데 키가 좀 작지요?"

수돌이가 꼽추인 것을 어머니들은 몰랐습니다.

꼽추인 수돌이지만 엄마, 아빠, 할머니에게 커다란 힘과 행복을 안겨다 드렸습니다. 온 세상 사람들도 모두 함께 즐거워했습니다.

수돌이 가족은 행복에 젖었습니다. 선생님도 기뻐하셨습니다.

다음 날이었습니다.

할머니는 아침 일찍 절에 갔습니다. 할머니는 기쁜 마음을 스님께 이야기하셨습니다. 스님도 기뻐하셨습니다.

할머니도 부처님께 절하며 감사한 마음을 기도 올리셨습니다.

"부처님, 나반존자님, 감사합니다."

할머니는 매일 부처님 곁을 떠나지 않았습니다.

"어머님, 집에 한번 오셨다 가셔요."

아들과 며느리의 간곡한 부탁으로 가끔 집으로 왔습니다.

"수돌아, 오늘 할머니 오신다."

"엄마, 100점 받은 시험지 모두 할머니께 보여 드리겠어요."

"그래 수돌아, 할머니는 무척 기뻐하실 거다."

할머니는 집에 오시면 며느리의 대접을 잘 받고 푸짐한 음식도 많이 드시고 절로 돌아가십니다.

공부 잘하고 튼튼하게 착하게 자라는 수돌이를 생각하며, 나반존자를 생각하며 절로 돌아가십니다.

"부처님 감사합니다."

할머니는 아무리 엎드려 절해도 다리도 허리도 아프지 않았습니다.

열심히 살아가는 수돌이 가족은 점점 더 행복하게 잘 살았습니다.

慈悲行　郭鍾粉

33년 부산에서 출생. 1965년 새교실 수필로 등단. 한국불교아동문학상, 부산문학 본상, 황진이 문학상, 불교청소년도서저작상 수상. 동시집 『양지 꽃 피는 언덕』 외 4권, 동화집 『별의 뺨』 외 6권, 수필집 『노을이 비친 교실』 출간.

아기펭귄

김 상 희

놀이터 동물원 펭귄우리에 아기펭귄이 들어왔습니다.

"참 귀여운 아기구나. 여기 온 것을 환영한다."

"안녕하세요! 만나서 기뻐요."

어른펭귄들은 모두 아기펭귄을 좋아했습니다. 아기펭귄에게 여기저기를 안내했어요.

"여기는 수영장이고, 침실은 저쪽이야."

"이게 수영장이에요? 너무 좁네요."

아기펭귄은 조그만 물웅덩이가 수영장이라니 웃음이 나왔습니다.

수영장만 좁은 게 아니라 침실도 마찬가지였어요. 모두 비좁고 어두웠어요.

전에 살던 바다 생각이 났어요. 그 곳은 끝없이 넓고 깊었어요. 물속을 쏜살같이 헤치고 다녔어요. 고기도 입맛대로 잡아먹었습니다. 바다에서 나오면 하얀 얼음 위에서 배를 깔고 미끄럼도 탔어요. 그 때가 그리웠습니다.

"이렇게 좁은 곳에서 어떻게 살아요?"

"살아 보면 정이 들 거야. 우리도 그랬으니까."

"그럼 먹을 것은 어디에서 구하지요?"

"먹을 것도 걱정 없어. 가만히 있어도 사람들이 갖다 주니까."

사육사가 생선을 가지고 와서 던져 주었습니다. 펭귄들은 그것을 맛있게 먹었어요.

"어서 와서 같이 먹자."

어른펭귄이 손짓을 했습니다. 아기펭귄은 입맛이 당기지 않았어요.

"난 안 먹겠어요."

"왜, 배고프지 않니?"

"그냥 먹고 싶지 않아요."

아기펭귄은 어른펭귄들이 먹이를 먹는 동안 이곳저곳을 돌아보았습니다.

둘레는 쇠기둥을 세우고 철사그물로 막아 놓았어요.

"이곳은 감옥이네요."

아기펭귄은 이런 곳에서 살 것을 생각하니 슬펐습니다.

"내가 왜 이런 감옥에서 살아야 하지?"

빠져나갈 구멍을 찾아보았습니다. 철사그물로 된 울타리는 너무 단단했습니다.

"펭귄아, 왜 그렇게 슬픈 얼굴이니?"

울타리밖에서 참새가 고개를 갸웃거리며 물었습니다.

"이 곳을 빠져 나가고 싶어."

"나처럼 날아 봐. 그럼 저 위쪽으로 빠져 나올 수 있을 거야."

참새가 가리키는 위쪽을 보니 철사그물이 없이 하늘로 뚫려 있었습니다.

"나는 날 수가 없는 걸."

"연습을 해봐. 너도 날개가 있으니 날 수 있을 거야."

"그럼, 해볼게."

아기펭귄은 참새가 시키는 대로 날기 연습을 했어요. 잘 되지 않았습니다.

"나는 아무래도 안 되겠어."

아기펭귄은 숨을 헉헉거리며 주저앉았어요.

"누구나 금방 날 수는 없는 거야. 꾸준히 연습을 해야지."

아기펭귄은 다시 일어났어요. 작은 날개를 열심히 흔들어보았어요. 철사울타리 안쪽에 만들어놓은 언덕에서 뛰어내려보기도 했어요. 그렇지만 곤두박질만 했습니다. 아기펭귄은 땅바닥에 얼굴이 부딪쳐서 입술이 깨졌습니다. 입술의 피를 닦으며 땅바닥을 꽁꽁 밟았습니다.

"아이, 아파! 너도 입술이 터져봐라. 나쁜 땅."

"하하하, 정말 웃기네."

철사울타리 저쪽에서 원숭이가 배를 잡고 웃었습니다.

"왜 웃니? 내가 이렇게 다친 것을 비웃는 거냐?"

아기펭귄이 뽀르퉁해서 눈을 흘겼습니다.

"날개가 있어도 날지 못하니 우습잖아?"

"너는 날개도 없으면서 누굴 비웃어?"

"나는 날개가 없어도 날 수 있다. 한 번 볼래?"

그네에 앉았던 원숭이는 저 쪽 울타리로 날아가듯 휙 건너뛰었습니다.

"너는 날개 없이도 정말 날 수 있구나."

"나는 아무리 높은 울타리도 올라갈 수 있다."

원숭이는 으스대며 제 자랑을 했습니다.

"그러면 나 좀 이곳에서 나가게 해다오."

"그러고 싶지만 내가 있는 곳은 저렇게 해놔서 빠져 나갈 수가 없단다."

원숭이는 천정을 가리켰어요. 원숭이네 우리는 지붕도 쇠그물로 덮여 있었습니다.

아기펭귄의 집은 지붕이 없어서 울타리만 넘으면 밖으로 나갈 수 있을 것 같았습니다.

"울타리를 기어 올라가면 되겠구나."

아기펭귄은 뒤뚱거리며 울타리 쪽으로 갔어요. 철사로 된 울타리에 매달렸습니다. 손이 없어 울타리를 잡을 수가 없었습니다. 입으로 철사를 물고 매달렸습니다.

"물갈퀴가 헤엄칠 때는 좋았는데, 지금은 참 거추장스럽군."

아기펭귄은 울타리에 매달렸다가 밑으로 떨어졌습니다.

"밖으로 나가고 싶으냐?"

옆집의 기린이 긴 목을 뻗치며 물었습니다.

"응, 나를 좀 도와주겠니?"

기린은 울타리 너머로 목을 길게 뻗치더니, 아기펭귄을 입으로 물어 꺼내 주었습니다.

"만세! 드디어 밖으로 나왔다."

아기펭귄은 동물원 안을 돌아다녔습니다. 이른 아침이라서 동물원은 조용했어요. 울타리로 나눠진 곳마다 여러 동물들이 따로 따로 살고 있었습니다.

"너는 누구인데 그렇게 바깥에서 마음대로 몰아다니니?"

모두가 아기펭귄을 부러워했습니다. 토끼가 눈을 동그랗게 뜨고 물었습니다.

"너는 누구니?"

"나는 펭귄이란다. 저 쪽 집에서 나왔어."

"너는 어떻게 밖으로 나왔니? 나도 여기에서 나가고 싶구나."

토끼는 자기가 살던 숲이 그립다고 했습니다. 토끼가 살던 곳은 맑은 샘과 향기로운 들꽃이 있는 숲속이었다고 했습니다.

"나도 그런 곳에 가보고 싶다."

"내가 이곳을 나가면 너도 데리고 갈게."

"그래, 고마워."

아기펭귄은 토끼와 약속을 하고 다른 곳으로 갔습니다.

"꽉 꽉! 철벙."

물개가 다이빙을 하고 있었습니다. 아기펭귄은 그것이 부러워 물개네 집 둘레를 빙빙 돌았습니다. 들어갈 곳이 없었습니다. 물개가 물에서 머리를 내밀며 물었습니다.

"너는 아기펭귄이구나. 어떻게 여기 왔니?"

"저 쪽 집에서 빠져 나왔어."

"그럼 어서 가. 사육사에게 잡히면 큰일 난다."

사육사 아저씨가 물개의 먹이를 가지고 오고 있었어요. 아기펭귄은 얼른 숨었습니다.

하지만 아기펭귄은 갑자기 배가 고팠어요. 그래도 참고 걸어다녔습니다. 우리에서 나왔지만 어떻게 해야 할지를 몰랐어요. 점점 배가 고파오면서 눈앞이 아물거렸습니다. 정신이 흐릿해져 갔습니다. 그 때 저쪽에서 엄마펭귄이 아기펭귄을 향해 손짓을 했습니다.

"아가야, 엄마다. 이리 오너라."

"엄마아!"

아기펭귄은 큰소리로 엄마를 불렀습니다. 그러나 엄마는 가만히 서서 바라보기만 했습니다.

아기펭귄은 엄마펭귄을 향해 뛰었습니다. 다리가 후둘후둘 떨려서 걸음이 느려졌습니다. 쨍한 아침햇살이 내리쬐니 몸의 힘이 한꺼번에 다 빠져나가는 것 같았습니다. 눈앞이 아물거렸습니다. 엄마펭귄의 모습이 점점 흐려져 가고 있었습니다.

엄마들이 아기들을 데리고 놀러오고 있었습니다. 한 아기가 엄마의 옷자락을 당겼습니다.

"엄마, 저쪽에 펭귄이 있어요."

"아니야. 그건 펭귄 모양의 쓰레기통이야."

"아니어요. 진짜 펭귄이 있단 말이에요."

"그건 쓰레기통이래도 그러네."

"아니에요. 진짜 펭귄이 있단 말이어요. 쓰레기통 옆을 봐요."

아기가 가리키는 곳에는 아기펭귄이 쓰러져 있었습니다. 펭귄 모양의 쓰레기통을 엄마인 줄 알고 찾아간 아기펭귄이었습니다.

大悲心　金相希
1986년 이화여고 학보 '거울' 지 편집부장
1994년 서울대 대학원 분자생물학과 졸업
1994년 제39회 아동문학평론 동화신인상 당선
1994년 제3회 동쪽나라 아동문학상 수상
1995년 동화집 『난 그냥 주먹코가 좋아』 출판
1998년 과학동화 『아기공룡들의 세상구경』 등

개가 된 할머니

김 영 순

옛날 통일신라 때의 이야기다.

이승에서 칠십 년을 산 할머니가 저승사자에게 잡혀 염라대왕 앞에
끌려 나왔다.

"노파는 어디서 뭘 하다 왔는가?"

"예, 신라 땅에서 농사를 짓다 왔습니다."

"신라는 욕심이 많아, 백제와 고구려 땅까지 빼앗아 나라의 땅이 꽤
넓어졌다는데, 그 넓은 땅 어디에서 살았는가?"

"예, 경주고을에서 살았습니다."

"경주에는 불국사란 불국정토(부처님의 나라)가 있는데, 불국사는 가보
았느냐?"

"저는 일찍이 남편을 여의고 딸 하나 아들 하나를 키우기도 바빠, 불
국사는 한 번도 구경을 못했습니다."

"저런, 가난하고 어려울수록 부처님을 섬기고 살아야지 불국사도 못
보고……"

"그럴 시간이 있으면 밭에 나가 풀 한 포기라도 더 뽑아 줄 일이지 절
에는 왜 갑니까?"

"저런, 그럼 노파는 70평생 부처님의 얼굴도 못 보았다는 말이냐?"

"그럼요. 시집을 간 딸네가 불교집안이라, 나는 평생 딸네집도 가지 않고 살았습니다."

"저런, 그렇다면 노파의 아들도 불교를 싫어하느냐?"

"아닙니다. 아들 녀석은 장가를 보냈더니, 며느리가 불교신자라 틈만 생기면 불경책을 읽고 있습니다."

"며느리가 틈만 나면 불경책을 읽는다 하니 참으로 기특한 일이다."

"기특하기는 뭐가 기특합니까? 농사일에는 게으름을 피우면서 불경을 읽고 있기에, 내가 그걸 빼앗아 불속에 던졌더니 아들 녀석이 '어머니, 불경을 태우면 지옥에 갑니다.' 하며 얼른 꺼냅디다."

"그 불경책의 이름이 무엇이었는가?"

"그 책이 '법화경' 이라나 뭐라나?"

"저런, 만일 그 때 법화경을 태웠더라면 노파는 지금쯤 불지옥에 떨어졌을 것이다."

"불지옥이고 뭐고 우리는 먹을 것도 부족한데, 며느리는 문밖에서 탁발승 목탁소리만 나면, 쌀독에서 쌀을 듬뿍 떠서 들고 나갑니다. 그러니 내가 열불이 나지 않겠어요?"

"며느리의 불심이 갸륵하다."

"갸륵하기는 뭐가 갸륵합니까? 나는 그런 며느리가 도둑같아, 쌀독을 지키느라 집에만 있었습니다."

"그래서 집밖의 세상은 구경도 못 했다는 말이지?"

"예, 며느리 때문에 나는 집만 지키다보니, 늘그막에는 방귀신이나 다름없이 살았습니다."

"뭐라? 방귀신이라고? 노파는 입만 열면 며느리 탓만 하는구나."

염라대왕은 화가 머리끝까지 올라 버럭 큰 소리를 친다.

"며느리 때문에 방귀신으로 살았다 하니, 노파는 이제부터 개가 되어, 며느리가 사는 집을 지키며 살아라."

염라대왕의 불호령이 떨어지자 저승사자가 노파를 끌고 나가 그만 개로 만들고 말았다.

"염라대왕님, 한 번만 용서해 주십시오. 어떻게 개가 되어 며느리 밑에서 살아갑니까?"

"개의 탈을 벗어나는 한 가지 방법이 있기는 있는데……"

"염라대왕님, 개의 탈을 벗어나는 방법이 무엇입니까?"

"너의 갸륵한 며느리가 법화경의 '약초유품'을 글자 하나도 빠짐없이 읽는다면, 너는 개의 탈을 벗게 될 것이다."

노파의 아들 박가의 집에 깡마른 암캐 한 마리가 있다. 노파가 굶겨서 암캐는 그렇게 깡말라 있었다.

그런데 노파가 죽은 뒤로 암캐가 토실토실 살이 찌면서 배가 불러오더니 개새끼 한 마리를 낳았다.

"에게, 어쩌면 한 마리만 낳았을까?"

박가의 부인 송씨는 강아지가 예뻐서 아기처럼 보듬었다. 박가도 강아지를 쓰다듬으며 같이 좋아했다.

"고거 참 예쁘기도 하지. 아무래도 보통 강아지가 아닌 것 같구려."

박가 내외의 사랑을 받으며 강아지는 하루가 다르게 무럭무럭 자라서 중개가 되었다.

박가 내외는 집안을 개에게 지키도록 하고 논밭에 나가 온종일 일을 했다.

그런데 어느 날 좀도둑이 박가네 집에 들었다가 개가 사납게 짖으며 덤벼드는 바람에 도둑이 혼쭐이 나서 도망치고 말았다. 박가네 개가 그렇게 사납다는 소문이 퍼진 뒤로 도둑은 얼씬도 못했다.

그러나 도둑이 아닌 마을 사람들이 오면, 반가운 이웃의 마을꾼이라도 찾아온 것처럼 꼬리를 흔들며 반겼다. 그래서 마을 사람들은 박가네 개를 사람보다 더 영리한 짐승이라고 칭찬을 했다.

그런데 삼복더위에 온종일 땀을 흘리며 밭일을 하고 집으로 돌아온 박가는, 갑자기 개를 잡아먹고픈 마음이 생겼다.

"여보, 저 개를 잡아 푹 삶아먹으면 지친 몸에 힘이 부쩍 오르겠지?"

박가는 아내 송씨에게 내일 아침에 개를 잡아먹자고 말했다.

"여보, 저 개고기를 우리만 먹을 것이 아니라, 건너 마을 시누이집과 고개 넘어 딸네 집에도 개다리 하나씩 보냅시다."

송씨는 다음날 아침 일찍 일어나 가마솥에 된장을 한 덩어리 넣고 물을 팔팔 끓이고 있었다. 그 때 박가는 숫돌에 칼을 시퍼렇게 갈아놓았다. 그리고 개를 찾았다.

"여보, 우리 집 개가 어디로 갔어. 마을 어디에 있는지 찾아보오."

박가는 부인을 밖으로 내보내고, 개의 목을 옭을 밧줄을 찾아놓았다. 그러나 개를 찾아 나선 송씨는 점심때가 되도록 돌아오지 않았다. 기다리다 지친 박가도 개를 찾아 마을 구석구석을 뒤졌지만 어디에도 개는 보이지 않았다.

한편 고개 넘어 박가네 딸은 새벽밥을 짓다가 부엌으로 들어오는 개를 보고 깜짝 놀랐다. 살펴보니 친정집 개였다. 반가워 쓰다듬어 주니 개는 눈물을 주르르 흘리며, '낑낑낑' 앓는 소리를 내고 있었다.

딸은 친정집 개가 불쌍하게 보여, 밥을 주고 마루 밑에 자리를 마련해 주었다. 그러나 개는 밥은 먹지 않고 눈물만 흘리며 마루 밑에서 '낑낑낑' 계속 울고 있었다.

그때였다. 스님이 딸네 집으로 들어와 딸의 얼굴을 뚫어지게 쳐다보았다.

"스님, 왜 그렇게 쳐다보십니까?"

"따님의 친정집 부모가 지금 큰 불효를 짓고 있습니다."

"스님, 그게 무슨 말씀입니까?"

"오늘 새벽 이 집으로 개가 들어왔지요?"

"친정집 개가 왔습니다만……"

"그 개가 보살님의 친할머니입니다."

"마루 밑의 이 개가 우리 할머니라고요?"

"이 개가 지난 겨울에 돌아가신 보살님의 할머니입니다."

"할머니, 어쩌다가 개가 되었습니까? 불쌍한 우리 할머니."

"보살님의 할머니가 살아생전에 며느리가 읽던 법화경을 불태운 일이 있습니다. 불경책을 태운 그 벌을 받아, 며느리의 집을 지켜주라고 염라대왕이 명령하여, 할머니는 개로 환생한 것입니다."

"스님, 불쌍한 우리 할머니를, 개의 탈을 벗겨줄 방법이 없겠습니까?"

"방법이 딱 하나 있습니다."

"스님, 그 방법을 가르쳐 주십시오."

"며느리가 이 개 앞에서 법화경 '약초유품' 경문을 한 글자도 빠짐없이 읽으면, 할머니는 사람으로 다시 환생할 것입니다."

그런 말을 남기고 스님은 자취를 감추었다.

딸은 친정에 달려가 어머니에게 스님이 남기고 간 이야기를 빠짐없이 털어놓았다.

박가와 송씨가 법화경을 들고 고개 넘어 딸네 집으로 달려왔다. 마루 밑에서 자기 집의 개가 울고 있었다.

"어머니, 잠시만 기다려 주십시오."

박가는 송씨에게 경문을 읽으라고 재촉했다. 송씨는 약초유품을 읽기 시작했다.

첫째 경문 여래의 무량공덕을 읽고, 둘째 경문 약초의 비유도 막힘없이 읽었다. 그러자 개는 눈물을 닦고 꼬리치며 좋아했다.

송씨는 셋째, 넷째 경문과 다섯째 경문 '차별의 법을 밝히라' 까지 한 글자도 빠뜨리지 않고 또랑또랑하게 읽어나갔다. 그때 개는 곧 사람으로 환생하려는 듯, 송씨를 따라 경문을 읽듯 옹알옹알 했다.

마지막으로 여섯째 경문 '무차별의 법을 밝히라' 를 읽으면 약초유품의 경문은 모두 읽게 된다.

여시가섭 불소설법 비여대운 이일미우
윤어인화 각득성실 가섭당지 이제인연
종종비유 개시불도 시아방편 제불역연
금위여등 설죄실사 제성문중 개비멸도
여등소행 시보살도 점점수학 ○ ○ ○ ○

마지막 네 글자는 불에 타서 보이지 않는다.

송씨는 그 네 글자를 외우려고 애를 태웠다. 그러나 끝내 네 글자를 잃어버린 송씨는 목구멍이 불에 타는 것처럼 따가웠다. 그는 캑캑거리며 제 목을 제 손으로 할컸다.

꼬리치며 옹알대던 개가 '낑낑낑' 울었다. 눈물을 흘리며 서럽게
'낑낑낑' 울었다.

韓山　金榮淳
1962년 한국일보신춘문예 동화 당선
민족동화문학상, 방정환문학상 수상
동화책 『늦동이』 『우차꾼의 아들』 『해방둥이네 교실』 등 30여 권

붓을 찾는 새

김 옥 애

    이마에 흐른 땀을 닦으며 두진은 절 안으로 들어섰다. 극락전의 맞배 지붕이 한눈에 들어왔다. 극락전 옆에 몇 그루 나무가 푸른 잎들을 달고 있었다. 나뭇가지에 앉아 있는 새 한 마리가 보였다. 갈색 머리에 푸르고 초록빛이 도는 새였다. 그 새는 먼저 두진에게 알은 체했다. 삐 삐 삐 삘 리 리.

    극락전 문 앞에 서서 아빠가 두진을 불렀다. 푸르고 초록빛이 도는 새도 나뭇가지를 떠나 두진 옆으로 날아왔다.

    아빠는 극락전에 말없이 앉아 있는 세 분에 대해 설명했다.

    "두진아, 저기 가운데 앉아 있는 아미타 부처님이 여기 극락세계를 다스리신다. 왼쪽은 관음보살, 오른쪽은 지장보살."

    안내 글을 읽던 엄마가 뒤따라 말을 이었다.

    "여보! 이 극락전 건물과 아미타 부처님 뒤의 벽에 그려진 저 그림이 나라의 보물이라네요. 당신 사진기에다 많이 담아 가지고 가요."

    엄마의 말에 아빠는 신바람 난 듯이 사진기를 눌렀다.

    찰칵. 찰칵. 빛이 번뜩번뜩 스쳐갔다. 두진은 갑자기 눈이 환하게 부셨다.

두진이 손등으로 눈을 부비는 사이 옆에 앉아 있던 새가 사라졌다. 대신 짚신을 신은 스님이 두진에게 다가와 물었다.

"나랑 같이 안으로 들어가자."

검버섯으로 덮인 스님의 몸은 종이처럼 가벼워보였다.

호기심이 생긴 두진은 고개를 끄덕였다.

스님은 두진의 손을 끌고 극락전 안으로 들어갔다.

극락전 안의 천정은 꽃잎이 날아다닐 듯 아름다웠다. 두진은 아빠가 설명해 준 세 분들을 자세히 바라보았다. 아미타 부처님 옆 관음보살은 여자처럼 머리칼이 어깨 위까지 흘러내렸다. 지장보살의 손엔 보배로운 구슬이 들려 있었다. 스님이 보살들에 대해 사분사분 말했다.

"옆의 두 분 보살은 사람이 죽으면 얼른 찾아가서 아미타 부처님이 계시는 이곳으로 데려오는 일을 맡고 있단다."

두진은 아직 죽는다는 걸 생각해 본 적이 없었다. 그래서 스님의 말이 귀에 와 닿지 않았다. 스님은 앉아 있는 세 분 뒤의 벽 앞으로 갔다. 벽에는 아미타부처님과 관세음보살과 지장보살을 닮은 그림이 그려져 있었다. 마치 앞에 앉아 있는 세 분 그림자 같았다.

스님이 그림을 가리키며 말했다.

"이것 육백년 전에 내가 그렸다."

놀란 두진은 가슴이 두근두근했다.

"예? 정말요?"

"암, 그 당시 나는 이 절 저 절을 떠돌아 다녔었지. 여기 들렀을 때엔 저 세 분들만 앉아 계셨어. 저 분들을 즐겁게 해 드리고 싶어 내가 벽의 앞쪽과 뒤쪽에 그린 거야."

두진은 여태 벽 앞면에만 그림이 있는 줄 알았다. 아마 밖에 있는 엄마와 아빠도 두진과 같은 생각일 것이었다. 궁금해진 두진은 벽 뒤쪽으로 스님을 따라갔다.

"뒷벽에는 어리석은 세상 사람들을 위해 고민하는 관음보살을 그렸단다."

스님이 설명하는 관음보살은 물속에 비친 달빛 같은 옷을 입고 있었다. 관세음보살이 버들가지와 물병을 들고 하늘 위 구름 속을 날아가는 듯했다.

뼈만 남도록 바짝 야윈 스님이 한숨을 내쉬었다. 스님의 숨소리에 두진은 '600년'이란 말이 떠올랐다. 두진은 갑자기 묻고 싶었다.

"그런데 어떻게 600년이나 살 수 있어요?"

스님은 기다렸다는 듯이 차분하게 이야기를 꺼냈다.

그때 그림을 시작하기 전에 스님은 먼저 몸을 씻고 붓과 물감을 챙겼다. 그리고는 절에 살고 있는 스님들과 약속을 했다. 백일동안 극락전 문을 절대 열지 말라는 부탁이었다.

"극락전 문을 닫은 후에 새가 된 나는 입에 붓을 물었단다. 물만 마시면서 날마다 그림을 그려 나갔지. 백일이 되기 하루 전날이었어. 벽의 뒷면에 관세음보살을 그린 후 다시 돌아 나와 앞면 벽으로 갔었단다. 마지막으로 관세음보살의 한쪽 눈을 그릴 때였어. 그 눈만 그리면 완성이었는데…… 밖에서 이 절에 사는 스님들의 속닥거린 소리가 들려 온 거야. 내일이 백일인데 어째 극락전 안이 조용하네. 혹시 굶어 죽었을까? 죽었는지 확인해 볼까요? 문틈으로 슬며시 들여다보던 스님들이 극락전 문을 덜커덩 열었어."

그 말을 들은 두진은 자신도 모르게 소리쳤다. 우렁찬 목소리였다.

"안돼요! 기다려야 되지요."

스님이 고개를 끄덕였다.

"그렇지. 하루만 참으면 됐었는데. 엉겁결에 놀란 나는 붓을 입에 물고 후다닥 극락전 밖으로 날아갔단다. 그런데 말이다. 날아가다가 그만 입에 물고 있던 내 붓을 놓쳐 버렸지 뭐냐."

이마를 찡그린 두진은 울상을 했다.

"어쩌다 실수를 하셨어요? 그 붓은 다시 찾으셨나요?"

"아니, 지금도 찾는 중이야."

붓을 잃어버린 순간 극락전 쪽에서 아미타 부처님의 목소리가 들려왔다.

"관세음보살의 나머지 한 쪽 눈을 그린 후에 극락전으로 오너라."

두진은 스님이 600년 동안 살고 있는 이유를 알게 되었다. 관세음보살의 나머지 한쪽 눈을 그려야하기 때문이다. 그러기 위해선 빨리 붓을 찾아야만 한다.

"스님, 저도 그 붓을 찾아볼래요."

두진은 성전 무위사에 다시 오게 되면 스님의 붓 찾는 일을 도와드리고 싶었다.

"고맙구나. 떠나야 할 때 가야 하는데. 오래 살게 되니 사람들의 눈에는 점점 내가 보이지 않게 되나보더라. 오늘은 간신히 네 앞에 나타났지만."

그 말을 남긴 후 스님은 다시 새가 되어 극락전 밖으로 날아갔다. 두진은 스님이 그렸다는 그림 앞에서 멍하니 날아간 새를 지켜보았다. 극락전 안과 밖에서 마술을 부릴 수 있는 스님은 특별한 사람인 것 같았다.

사진 찍는 일을 끝낸 아빠가 극락전 문앞에서 두진을 불렀다.

"아들아, 그만 나와."

다시 눈을 부빈 두진은 정신이 퍼뜩 들었다.

"벽화 보는 게 즐거워?"

"아, 예."

"이제 읍내로 가자."

절을 떠나오면서 두진은 자꾸 뒤를 돌아보았다. 어디선가 아직도 붓을 찾는 새의 모습이 떠올랐다.

---

* 성전무위사는 전라남도 강진군 성전 면에 있는 절 이름이에요. 신라시대에 지은 절이지요. 그 절에 들어서면 우리나라 국보 13호인 극락전이 바로 눈에 들어 와요. 극락전 안에는 국보 313호인 '아미타 3존도'로 불리는 벽화가 있어요. 벽의 뒷면에도 국보 314호 '수월관음도'란 벽화도 있고요. 그 벽화가 생겨난 이야기에 작가의 상상력을 더해서 이 글을 썼어요.

觀音行 金玉愛

전남 강진에서 태어나 1975년 전남일보 신춘문예 동화와 1979년 서울 신문 신춘문예동화가 당선 되었습니다. 한국아동문학상, 한국불교아동문학상 아르코 문학창작 기금 등을 수상했습니다. 장편동화 『들 고양이 노이』 『별이 된 도깨비 누나』 『엄마의 나라』 『그래도 넌 보물이야』 등이 있으며 그림동화 『흰 민들레 소식』 동시집 『네 옆에 있는 말』 등이 있습니다.

사각등

김 일 환

할머니는 고개를 설레설레 흔들기만 했다.

"정 싫으시면 이번 겨울만이라도 우리 집에 와 계세요."

엄마는 아까 아빠가 했던 말을 또 되풀이했다. 할머니는 '끙' 소리를 두 번 내고, 구부정한 허리를 잠깐 폈다. 뭔가 못마땅한 것이 있을 때 내던 소리였다. 할머니 얼굴이 안방 창문으로 들어온 저녁 햇살 속으로 들어갔다. 이마에 파인 주름과 꼭 다문 입술이 드러났다. 할머니 얼굴은 돌처럼 굳어보였다. 햇살을 등지고 앉은 아빠와 엄마 얼굴은 숯처럼 검게 보였다. 사실 아빠와 엄마 가슴은 속까지 까맣게 타고 있을 것이다. 헌구는 딱딱하고 어색한 분위기를 피해서 눈길을 이리저리 돌리다가 창밖 처마 끝에 맞추었다.

처마 끝에는 늦가을 싸늘한 바람에 사각등이 흔들리고 있었다. 뾰족 지붕집 모양을 따서 만든 사각등이었다. 그러나 쇠로 만든 뼈대에는 벌건 녹이 덕지덕지 붙었고, 등 유리는 네 장 중 한 장만 남아 있었다.

"저리 뵈어도 꿈을 주는 전등이야."

지난 가을에 들었던 할머니 말이 헌구 머리를 지나갔다. 헌구는 '칫' 웃었다.

'저는 초등학교 4학년이에요. 그런데 저 고물 전등이 꿈을 준다는 말을 믿으라고요?'

헌구는 되묻고 싶었지만 너무나도 싱거워서 더 이상 물어보지도 않았다.

아빠가 무거운 침묵을 걷어냈다.

"어머니, 이번 겨울은 작년보다도 더 춥대요. 어머니 연세도 생각하셔야지요. 혼자 어떻게 사시려고 그래요? 팔도 불편하시고."

"난 아직 산골이 좋다. 내 걱정은 마라. 팔은 다 나았다. 봐라."

할머니는 오른팔을 들었다가 놓았다. 그러나 할머니 얼굴이 찌푸려졌다. 주름 고랑이 더 깊어졌다. 아픈 게 분명했다. 할머니는 딴 이야기를 꺼냈다.

"저녁이나 지어먹자. 먼 길 오느라고 시장했겠다. 옆집 주연이네가 송이버섯을 가져왔더라. 며칠 전 비가 내리더니 버섯이 올라온 모양이다. 11월에는 송이가 안 난다. 무척 귀한 거다. 내가 참기름에 맛있게 구워줄게."

할머니가 왼손으로 문갑을 짚고 간신히 일어났다.

"앉아 계세요. 제가 준비할게요."

어머니는 할머니를 도로 앉히고 부엌으로 나갔다.

"저녁 짓는 동안 우리는 바깥 정리나 하자."

아빠는, 할머니 집으로 오는 승용차 안에서 이번만큼은 꼭 모시고 갈 거라고 다짐했지만, 작년, 아니 몇 년 전부터 들어오던 할머니의 똑같은 대답에 아무런 대책이 없어 보였다. 헌구가 아빠를 따라 나갔다. 아빠는 뒤꼍에 있는 헛간으로 갔다.

"아유, 더러워."

저절로 헌구 발이 멈춰 섰다. 옛날에 쓰던 물건이 어지럽게 널브러져 있었다. 새끼 꼬던 기계, 가마니 짜던 틀, 돗자리 짜던 틀, 소가 끌던 달구지, 나무절구, 멍에, 말아 놓은 멍석, 그밖에도 삽과 같은 각종 농기구……. 헌구가 제 코앞에 손 부채질을 해 댔다.

"크으, 색도 까매요. 나무가 몽땅 썩었어요."

아버지가 웃었다.

"속은 아직 멀쩡할 게다. 얼른 정리나 하자."

"정리라니요? 이거 몽땅 내다버려야 돼요. 태워버리든가……."

"할머니는 옛날 물건을 워낙 아끼시기 때문에 아마 안 될 거야."

어느 새 할머니가 뒤따라 들어왔다.

"넘어지기라도 하면 어떡하려고요 그냥 방에 계시지 않고요."

아빠가 도로 들어가라는 손짓을 했다. 할머니는 헛기침을 몇 번 뱉고, 손을 내저으며 말했다.

"먼지는 털어도 또 낀다. 정리할 것도 없다. 올해는 농사를 짓지 않아서 건드린 것도 없다. 눈비만 안 맞으면 된다. 그냥 놔둬라."

할머니는 일흔 살이었다. 할머니는 나이에 비해 몸이 약했다. 이제 밭일을 못하는 것이 문제가 아니었다. 이번 여름에는 옆집 주연이네 집에 놀러가다가 살짝 넘어졌는데 왼쪽 팔꿈치 뼈가 깨지는 바람에 한 달 동안 석고붕대를 하고 다녔다. 보름 전에는 읍내 장터 돌부리에 걸려서 넘어졌는데, 안 넘어지려고 땅바닥을 짚다가 오른쪽 손목뼈에 금이 갔다. 그래서 또 석고붕대를 했다. 골다공증은 노인 뒤를 졸졸 따라다닌다고 했다.

할머니는 석고붕대를 미워했다. 할머니는 일 주일 만에 석고붕대가 귀찮다고 하면서, 그리고 다 나았다고 하면서 칼로 억지로 잘라 버렸다. 그런데 팔이 아픈 눈치였다.

"할머니, 이거 내다버리면 안 돼요? 우리 아파트에 가지고 갈 수도 없어요."

헌구가 코를 찡그리며 물었다.

"안 되고말고. 이것들은 내 이야기 주머니야. 물건들이 내게 말을 하고 있거든."

"난 아무 것도 안 들리는데……."

헌구는 억지로라도 이야기를 들어보고 싶었다. 헌구는 할머니께 쪼르르 달려가서 손을 잡았다. 그리고 어떻게 듣는 건지 막 물어보려고 하는데 할머니가 자지러졌다.

"아야야! 이거 놔라."

아픈 팔이었다. 헌구는 깜짝 놀라 팔을 놓았다. 아빠도 놀랐다. 아빠가 할머니를 근처 나무 상자에 앉혔다. 할머니가 손등으로 이마에 난 진땀을 닦았다.

"내일이라도 병원에 가 보셔야겠어요."

아빠가 걱정했다. 할머니는 한참 후 아무 일도 없었다는 듯 미소를 띠었다.

"아직 다 낫지 않은 모양이다. 그러나 병원 갈 정도는 아니다. 신경쓰지 말거라."

헌구는 어쩔 줄 몰라서 쩔쩔매다가 할머니 미소를 보고서야 가슴을 쓸어내렸다.

"죄송해요."

헌구는 할머니 왼손을 조심스레 잡았다. 쪼글쪼글했다. 헛간 물건처럼 낡아보였다. 할머니가 헌구 등을 쓰다듬었다. 할머니 손은 언제나 따스했다.

"어떤 물건이 할머니께 말을 해요?"

"내가 아끼는 물건이 먼저 말을 걸지,"

헌구의 질문에 할머니가 빙긋 웃으며 손가락 끝으로 가리켰다.

"저건 달구지야. 돌아가신 할아버지가 아주 젊었을 때 쓰셨던 거지. 동네에서 제일 멋진 달구지였어. 저 바퀴축을 봐. 장구통이라고 부르는 건데, 잘 안 썩고 아주 단단하다는 느티나무로 만든 거다. '할아버지와 짐을 나르고 싶어요.'라고 말하는 거 같지 않니?"

이번에는 할머니 눈이 헛간 구석으로 옮겨갔다.

"저기 있는 나무절구도 내게 말을 자주 걸어오지. 그리고 또 뭐가 있나? 음, 여기서는 보이지 않지만 안방 처마에 매달린 사각등은 아주 재잘재잘 말을 하지."

헌구는 물건을 빙 둘러보았다. 할머니께 말을 한다는 물건조차 온전한 것이 없어보였다. 달구지는 바퀴살이 반쯤 달아나거나 부러져서 거의 주저앉아 있었다. 나무절구도 군데군데 깨졌고, 살짝 걷어차도 완전히 깨질 것 같았다. 헌구와 아빠의 고개가 저절로 옆으로 흔들렸다. 이름만 골동품이었다. 도시에서는 돈을 내고 폐기물 딱지를 붙여야 버릴 수 있는 물건이었다.

이튿날, 할머니는 병원에 가야했다. 오른팔이 약간 부어있었다. 아빠와 엄마는 헌구를 주연이네 집에 맡기고 병원으로 떠났다. 어린이는 병원에 가지 않는 게 좋다고 했다.

"점심때까지는 오실 거야."

주연이 엄마는 헌구를 거실 소파에 앉히고 따스한 초코 우유를 내밀며 말했다. 주연이가 헌구에게 바싹 다가앉았다. 주연이는 헌구보다 두 학년 위였다.

"네 할머니 때문에 우리도 걱정이다. 잘못하면 우리 집까지 불이 옮겨 붙을 수도 있어."

주연이가 헌구 등을 살짝 치면서 말했다. 헌구 눈꼬리가 올라갔다. 병원에 간 할머니를 걱정해 주지 못할망정 자기 집 걱정만 하고 있는 주연이가 얄미웠다.

할머니에게는 아직 비밀인데, 치매 증세가 있긴 했다. 할머니는 가스 레인지에 불이 켜져 있다는 것을 자주 잊었다. 그때마다 음식을 태웠다. 엄마도 가끔 그런 일을 저지르곤 했다. 그러나 할머니는 너무 자주 그런 소동을 벌였다. 이번 가을 동안 주연이 엄마가 할머니 집 가스레인지를 세 번이나 꺼 주었다고 했다. 부엌 창으로 연기가 나와서 달려갔는데, 음식은 이미 숯이 되었고, 냄비도 다 타서 지워지지 않았다고 했다. 그런데 할머니는 고맙다는 말은커녕, 잠깐 태운 것 가지고 뭐 그리 소란을 떠느냐고 오히려 주연이 엄마에게 화를 냈다는 것이었다.

그런 말을 들으면 아빠와 엄마의 걱정은 연기만큼 커졌다. 헌구도 걱정되기는 마찬가지였다. 잘못하여 불이라도 나면 어떤 일이 일어날지 뻔했다. 그렇다 하더라도 주연이가 얄밉긴 마찬가지였다.

헌구가 아무 말도 하지 않으니까 주연이가 헌구 손등을 살짝 때렸다.

"너, 내 말에 실쭉했구나! 다 큰 놈이! 야, 그래도 내가 네 할머니께 얼마나 잘 하는데……. 너 대신 내가 네 할머니께 재롱떨고 있는 거, 모르지?"

"그 말이 맞긴 맞다. 주연이는 가끔 초등학교 1학년처럼 노래도 부르고 무용도 보여드리고 있어."

주연이 말에 주연 엄마가 맞장구쳤다. 그 말에 헌구가 좀 풀어졌다.

"고마워, 누나. 몰랐어."

둘이 마주보고 씩 웃었다.

"네 할머니가 제일 좋아하시는 말이 뭔지 아니?"

주연이의 질문에 헌구는 창피한 생각이 들었다. 한 번도 생각해보지 못한 것이었다. 우물쭈물하려니까, 주연이가 먼저 말했다.

"간단해. 헛간에 있는 물건을 감탄하는 말이야."

"그건 왜?"

"넌 정말 모르는구나? 우리 가족은 다 아는 건데……,"

주연이와 주연이 엄마는 서로 눈을 맞추고 이상하다는 듯이 어깨를 으쓱했다.

"네 할머니는 하루에도 몇 번씩 헛간에 가서 옛날 물건을 들여다보신다니까."

"주연이 말이 맞단다."

주연이 엄마가 나섰다.

"쓰시던 물건에 추억이 많으셔서 그래. 너희 달구지는 우리 마을에서 가장 잘 만들어진 달구지였대. 특히 바퀴가 최고였다더라. 그걸로 동네 사람들 짐도 많이 날라주었대. 동네 사람들에게는 지게가 되어주었고, 너희 가족에게는 밥이 되어준 거라고 하시더라."

헌구가 고개를 끄덕였다.

"그러면 나무절구는 왜 아끼신대요?"

"그건 네 할머니와 할아버지께서 사랑을 나누던 거야."

주연이가 입을 가리고 '호호' 웃으며 재빨리 대답했다. 그리고 눈을 흘기며 말을 이었다.

"이상한 눈으로 보지 마. 옛날에는 음식을 만들 때, 절구가 필요했어. 여자에게는 아주 힘든 일이었대. 그런데 네 할아버지는 함께 절구질을 해 주셨대. 헛간에 가 봐. 벽에는 절구공이가 두 개나 매달려 있어. 하나는 보통 절구공이야. 또 하나는 그거보다 서너 뼘 긴데, 그건 네 할아버지 거야."

"그런데 왜 나에게는 그런 말씀을 하지 않으셨지?"

헌구는 머리를 벅벅 긁으며 중얼거렸다.

"아마도 너희 가족에게 부담될까 봐 그러셨을 거야. 헛간에 있는 물건은 너희 아파트로 가져갈 수 없는 물건들이잖아?"

주연이가 퉁명스레 대답했다.

주연네 집에서 점심을 먹고 나서야 할머니가 병원에서 돌아왔다. 할머니는 손바닥부터 팔꿈치 위까지 석고붕대를 감고 있었다. 아빠가 할머니를 부축해서 집으로 들어왔다.

"할머니, 저 때문에……. 죄송해요."

헌구가 울먹이자, 할머니가 왼팔을 흔들었다.

"아니다. 네 탓이 아니다. 내가 좀 미련했다."

"할머니께서 마음대로 석고붕대를 잘라 버리는 바람에 손목뼈에 금이 더 갔대. 할 수 없이 석고붕대를 더 크게 했다. 오른손을 전혀 쓸 수 없게 되었단다. 한 달 동안 깁스하면 될 것을 이제는 한 달 보름 동안 하셔야 한다는구나."

엄마는 약 보따리를 거실 탁자에 내려놓으며 헌구에게 말했으나, 마치 할머니에게 하는 말 같았다. 핀잔 말투가 들어있었다. 할머니는 별 거 아니라고 자꾸 말했지만 풀이 죽어있었다. 헌구가 석고붕대를 만져 보았다. 딱딱하고 무거웠다. 손가락 끝만 간신히 석고붕대 바깥에 나와 있었다. 불쌍한 생각이 들었다.

"할머니, 우리 집으로 함께 가세요. 이제 손을 물에 담글 수도 없으니 밥도 지을 수 없잖아요?"

할머니는 대답하지 않았다.

헌구 발길이 헛간을 향했다. 할머니가 앉았던 나무 상자에 앉아서 할머니 물건을 처음으로 자세히 바라보았다. 그러나 이야기가 들려오지도 않았고, 할머니 물건을 헌구네 집으로 옮겨 놓을 방법도 생각나지 않았다. 아파트가 너무 좁았다. 아니, 넓다고 해도 이 더러운 것을 방안에 들여놓을 수는 없었다. 헌구는 고개만 갸우뚱거리다가 거실로 들어갔다.

할머니가 헌구에게 말했다.

"방금 내가 너희 집에 가서 살겠다고 아빠와 엄마에게 말했단다. 우리 손자와 함께 살게 돼서 나야 기쁘지만 헌구가 불편할 게다."

"아니에요. 할머니가 있으면 얼마나 좋은데요. 고마워요, 할머니!"

헌구는 할머니 뺨에 뽀뽀했다. 주연이가 할머니 앞에서 1학년처럼 무용을 한다는 말이 새록새록 생각났다. 생각해 보니, 헌구는 작년부터 할머니에게 뽀뽀한 적이 없던 것 같았다. 할머니는 헌구 등을 쓰다듬으면서 아빠를 바라보았다.

"트럭을 부를 것도 없다. 내 짐은 모두 버리기로 결심했다. 옷가지만 싸가지고 오늘 당장 너희 집으로 가자. 아무래도 다음 주말에 아범이 승용차를 몰고 한 번 더 와야 할 게다. 그때 빠진 짐을 옮기면 되지."

"헛간에 있는 할머니 보물들은 어떻게 하고요?"

헌구가 깜짝 놀라서 물었다.

"너무 낡아서 가져갈 사람도 없을 게다. 도끼로 쪼개서 장작으로 쓰면 되지."

할머니는 탁자 위 휴지를 뽑더니 코를 캥 풀었다. 헌구는 얼른 할머니를 보았다. 할머니는 휴지 한 장을 더 뽑아서 눈 주위도 닦았다. 할머니 눈물이 휴지에 스미고 있었다.

봄이 되었다. 할머니가 헌구네 아파트에 온 지도 3개월이 지났다. 할머니 팔은 다 나았지만 온몸이 수척해졌다. 할머니는 밖에 나가고 싶어 하지 않았다.

하루는 베란다에서 햇볕을 쬐던 할머니가 헌구에게 나지막이 말했다.

"세상에는 보이지 않는 끈이 너무 많아. 어떤 끈은 질기고, 어떤 끈은 약하지. 어떤 끈은 끊으려 해도 안 끊어지고, 어떤 끈은 끊어지면 안 되는데 끊어지지. 그게 마음대로 안 될 때 마음이 심란해지고, 사는 게 힘들어진단다."

"할머니는 맨날 알 수 없는 말씀만 해요. 작년 겨울에는 물건이 이야기를 해 준다고 하시더니, 이번에는 보이지 않는 끈이 있다고 하시네요."

할머니는 그냥 빙긋 웃었다. 헌구가 따지듯 물었다.

"그렇다면 사각등에도 끈이 있나요?"

"가는 끈, 굵은 끈, 짧은 끈, 긴 끈, 흰 끈, 검은 끈, 철사 끈, 헝겊 끈 등이 무수히 달려있지. 그게 내 마음과 전선처럼 이어져 있었어. 이제는 끈들이 너무 약해졌어."

할머니는 한숨을 쉬었다.

"무슨 끈이 그리 많이 달려있대요?"

"내가 초등학교 때는 시골에 전기가 들어오지 않았어. 너에게는 외증조부지. 우리 아버지는 달이 희미하거나 뜨지 않는 밤에는 사각등 안에 등잔을 넣어 집 앞에 걸어놓으셨단다. 깜깜한 밤길을 걷는 행인을 위해서 그리 하신 거란다. 그런 것까지 마음 쓰는 사람이 없을 때였어. 넉넉하지 않은 살림이었지만 아버지는 늘 남을 도우며 착하게 사셨어. 그런데 전기가 들어오면서 가로등이 생겼고, 쓸모가 없어졌지. 창고 벽에 옹색하게 매여 있는 걸 내가 얻어왔지."

할머니가 말을 끊고 숨을 몇 번 크게 쉬었다.

"그런데 아직 끈 얘기는 안 하셨어요."

헌구가 재촉하자 할머니는 고개를 끄덕였다.

"내가 네 할아버지에게 사각등 얘기를 하자, 할아버지는 사각등 내부를 고쳐서 전구 소켓을 끼워주셨단다. 그리고 처마에 매달고 마당을 밝히셨지. 나는 불빛을 보면서 우리 아버지 생각을 많이 했어. 아버지처럼 살아야겠다고 늘 다짐했지. 그게 나의 꿈이었던 게야. 작은 꿈이지만 참 큰 꿈이었어."

헌구는 할머니 손을 꼭 잡았다. 할머니 손이 부르르 떨리는 것을 느낄 수 있었다.

"그게 끈이야. 내 아버지를 이어주고, 내 꿈을 이어주는 끈이었지. 헌구에게 이 이야기를 했으니 사각등에는 끈 하나가 더 달린 셈이지. 이번에 생긴 건 가죽으로 만든 오색끈이야."

헌구는 할머니 뺨에 또 뽀뽀했다. 그러나 왜 끈이 약해졌는지 차마 묻지 못했다. 그저 토요일이 오기를 기다리기로 했다.

토요일 아침, 헌구는 아빠 승용차로 할머니 집에 갔다. 승용차 트렁크에는 아빠가 빌려온 각종 연장이 가득 실려 있었다.

사람이 살고 있지 않는 할머니 집은 매우 쓸쓸해 보였다. 지붕도, 벽도, 그리고 마당도 아무 생각 없이 꼬박꼬박 졸고 있는 것 같았다.

"힘을 내자. 할머니를 생각해야지."

헌구 마음을 읽었는지 아빠가 용기를 주었다. 헌구는 아빠를 도와서 연장을 헛간으로 옮겼다.

"자, 헌구가 설계한 대로 작업을 시작해 볼까?"

아빠와 헌구는 달구지에서 장구통 하나를 빼냈다.

"다행이야. 더럽긴 하지만 많이 썩지는 않았어. 할머니께서 잘 보관한 덕분일 게다. 우선 거친 솔로 문지르고, 사포로 문질러야 할 거야. 한 시간 이상 닦아내야 할 걸?"

아빠가 미소를 지으며 말했다. 헌구는 각오하고 있었다. 장구통에 낀 먼지와 때를 거친 솔로 박박 문질러 닦기 시작했다. 금방 팔이 아파왔지만 쉴 수 없었다.

아빠는 벽에 매달린 절굿공이 두 개 중, 긴 절굿공이를 가져왔다. 그리고 그라인더 스위치를 켰다. 그라인더가 윙 소리를 내며 돌기 시작했다.

"대패를 구하지 못했다. 그라인더가 대신할 수 있을 거야."

아빠는 거무튀튀하게 변색된 부분도 갈아냈다. 그리고 장구통의 바퀴축 구멍 크기와 맞추어 가면서 절굿공이 아래 부분을 좀 더 가늘게 잘라냈다. 헌구가 장구통 사포질을 끝낼 무렵, 절굿공이도 새 모습이 되었다.

"이제 구멍을 뚫을 차례지?"

아빠는 헌구를 돌아보며 전동 드릴을 꺼냈다.

"네, 구멍에 끼울 나무를 골라놓았어요. 달구지 바퀴살 중에서 제일 예쁜 거예요. 바퀴살에 맞추어서 직사각형으로 뚫으셔야 돼요."

헌구가 아까부터 들고 있었던 나무막대 하나를 내밀었다. 아빠는 절굿공이 윗부분에 구멍을 뚫기 시작했다. 여러 개의 드릴 구멍이 합쳐져서 점점 바퀴살 끝부분의 직사각형 모양이 되어갔다. 나중에는 끌과 망치로 절굿공이 구멍을 다듬었다. 아빠의 얼굴에 땀이 송송 맺혔다.

이윽고 절굿공이 구멍이 완성되었다. 아빠는 장구통 구멍이 하늘을 보도록 눕히고, 장구통 구멍에 절굿공이를 끼웠다. 장구통 위에 헌구 키만 한 절굿공이가 똑바로 오똑 섰다.

"튼튼해. 장구통이 묵직해서 안 넘어지겠어."

아빠가 중얼거렸다. 처음과는 달리 거죽도 매끈해졌다. 마지막으로 바퀴살을 절굿공이의 직사각형 구멍에 끼워 넣었다. 절굿공이 윗부분에 팔 하나가 생겼다.

"몸체는 완성된 거야. 이제 사각등을 수선하자."

아빠는 처마에서 사각등을 떼다가 쇠수세미로 녹을 벗겨낸 다음, 검은 페인트를 칠했다. 페인트가 마르는 동안 아빠는 미리 사 온 노랑 판유리를 사각등 크기에 맞추어 유리칼로 쓱쓱 잘랐다. 전구도, 전깃줄도 새 것으로 바꾸었다.

그 사이에 헌구는 장구통, 절굿공이, 그리고 바퀴살에 니스를 칠하고 봄 햇살 아래 두었다.

마침내 준비가 다 된 것 같았다. 아빠는 사각등에 유리를 끼운 다음, 사각등을 바퀴살에 달아맸다.

"어떠냐? 네가 구상한 대로 만들어진 것 같니?"

"완벽해요. 아빠 솜씨가 이렇게 좋은 줄 몰랐어요. 대단하세요."

헌구가 손뼉을 쳤다.

"흠, 산골에서 자라면 이 정도 기술은 누구나 배우지. 그래도 아들 칭찬을 들으니 기분이 좋은 걸."

아빠는 하하 웃고 헌구 두 팔을 번쩍 들었다.

"할머니를 위해서 헌구가 설계하고, 아빠와 아들이 함께 만든, 세계에서 단 하나 밖에 없는 전기스탠드 탄생!"

헌구는 아빠와 만세를 불렀다. 아빠가 사각등 플러그를 헛간 콘센트에 꽂으려했다.

"아빠, 잠깐만요. 최초 점등은 할머니가 직접 하시는 게 어때요?"

아빠는 고개를 몇 번 갸웃하다가 전기스탠드를 분해했다.

"네 말이 맞다. 얼른 집에 가자. 이걸 할머니 침대 옆에 갖다 놓으면 할머니 건강이 금세 좋아지실 거야."

헌구 마음이 바빠졌다. 사각등부터 승용차 뒷좌석에 올려놓았다.

'할머니, 조금만 기다리세요. 할머니 끈을 곧 튼튼하게 이어드릴 게요. 오색 가죽 끈 하나를 더 달아서요.'

헌구는 할머니 방에 켜진 전기스탠드를 그려보았다.

'할머니 보약을 만들었구나!'

"어?"

사각등이 헌구에게 말을 걸어온 것은 처음 있는 일이었다.

眞月 金日煥

충주에서 어린 시절을 보냈다. 초등 교직에 오래 있으면서, 교육심리학 박사를 취득하고, 주프랑스 교육원장, 서울시동부교육지원청 교육장, 서울초등국어교육연구회장을 역임했다.

추리 모험 장편 동화 『고려보고의 비밀』로 한국안데르센 대상을 받으며 문단에 나왔다. 『홍사』(장편 동화), 『유적박물관』, 『논리야, 넌 누구니?』, 『창의력 계발 프로그램』 총5권(공저) 『한자인정교과서』(공저) 등을 집필했으며, 초등학교 도덕, 국어, 사회 교과서 개발에 참여했다.

우연 동자와 스님

도 희 주

작고 작은 암자다.

댓돌엔 신발 한 켤레가 가지런히 놓여있다. 바람소리 새소리가 오가고 어쩌다 스님 기침소리가 간간이 들릴 뿐이다. 바람은 뒤뜰을 순찰하듯 돌아 빠져나가고 스님 독경이 시작된다. 양지바른 곳에서 웅크리고 있던 나는 기다렸다는 듯 서슴없이 댓돌로 향했다. 오도카니 앉아 꼬리로 스님 독경을 받아쓰는 척한다.

나는 삼 개월 전 스님을 만났다. 스님이 병원 들렀다 가는 산 입구에서 우연이 눈이 마주쳤다. 한 치의 망설임도 없이 주인을 따르듯 슬금슬금 따라 걸었다. 스님이 종종걸음으로 걸을라치면 나는 달리다시피 속력을 내다가, 뒤돌아보면 능청스럽게 딴 짓하길 여러 번.

"이것도 너와 나의 인연인가 보다."

"미아옹."

나는 눈곱이 꾀죄죄한 얼굴로 애절하게 스님을 올려다봤다. 나도 모르게 외톨이가 되어 차에 치일 뻔도 하고 돌팔매질도 겪었다. 가끔 누군가 주는 한 끼의 밥을 몇 번 얻어먹었지만 내가 있을 곳은 아니었다. 스님처럼 따스한 눈길은 처음이었다.

"풀도 다 이름이 있거늘… 너와 내가 우연히 만났으니 우연 동자라 불러주마."

"미아웅."

밝은 스님 표정에 마음이 울컥했다.

암자 주변은 한적하지만 크고 작은 바위가 많다. 어쩌다 등산객이 들리면 합장하여 기도도 하고 약수에 목을 축이기도 했다. 그럴 때면 나는 손님맞이하듯 사뿐사뿐 다가가 반갑게 빤히 올려다본다.

"어머나, 귀여워라!"

"저 고양이 목탁도 두드릴까?"

"조만간 불경 암송한다고 유투브에도 나올걸."

등산객들 대화에 나는 앞발로 세수하듯 얼굴을 꼼꼼하게 닦았다. 몇몇 등산객들은 내 사연을 전해 들었다고 전용사료도 공양했다.

댓돌에 앉아 십여 분 지나면 눈은 게슴츠레해진다. 엄마가 그리운 시간이다. 하얀 털에 조약돌 같은 검은 무늬가 군데군데 있다. 하지만 왼쪽 앞 발등엔 혀 크기의 갈색이 자리 잡고 있다. 엄마 생각나면 앞발등을 핥고 또 핥았다. 갈색은 엄마 생각이 만든 무늬다.

"우연 동자 뭐하시나?"

"……."

스님은 독경을 잠시 멈추었다. 발등 핥는 소리를 들으신 모양이다.

"미아웅!"

울컥했다. 스님은 내 마음을 충분히 읽으셨던 것이다. 눈물이 찔끔했다. 바람은 언제 왔는지 눈가를 닦아준다.

어룽거리는 나의 레이더망에 생쥐가 보였다. 나는 원래 육식을 한다. 그 동안 사료만 먹고 고기 맛을 못 본 지 오래다. 입에 침이 돈다. 몸을 일으켜 한달음에 달렸다. 사정없이 앞발로 그의 목덜미를 꽉 눌러 이빨을 드러냈다. 녀석의 비명은 짧았다. 곁눈으로 올려다보며 숨을 할딱인다.

"우연 동자, 지금 살생하려는 겐가?"

"……미아옹."

스님의 단호한 목소리에 움찔했다. 안에서 밖을 꿰뚫고 계신다. 하는 수 없이 꿀꺽 침을 삼키며 한 걸음 물러났다. 민망해 생쥐 얼굴을 깨끗이 핥아주었다. 달아나던 생쥐가 잠시 돌아보며 꼬리를 흔들었다. 고맙다는 인사 같다.

한 무리 등산객이 들린다. 물맛 타령도 하고 내 얘기도 빠지지 않는다. 수려한 바위에 감탄하며 나름 이름도 짓는다. 바위 낙서에 혀를 차기도 하고 깔깔대기도 한다. 바위 배경으로 한껏 폼 잡고 수다도 섞어 사진을 찍는다. 암자에 대한 예의는 모르나보다.

샘터에 아무렇게나 놓인 바위에서 물 마시는 사진을 찍다가 소리쳤다.

"우와, 이게 뭐야?"

"뭐긴 돌이지."

"그냥 돌이 아니야, 잘 봐!"

비스듬히 누워있는 작은 바위에 시선을 집중한다.

"와불이다, 와불!"

"정말, 수석감인데……."

디딤돌로 놓인 둥근 옆 부분이 마치 부처 얼굴 같다. 왁자지껄한 소리에 스님이 나오시고 나는 가이드처럼 앞장섰다.

수석감이라고 한 사내가 선글라스를 낀 채 말한다.

"스님, 돌이 꼭 부처님 형상입니다. 여기 눈, 코, 입도 다 닮았잖아요."

"허허, 눈이 참 밝으시군요. 소생이 아끼는 부처석인데 오가며 물 마시는 중생들 보라고 내놓았습니다."

"수석도 이런 수석이 없어요, 스님."

스님은 그저 미소만 짓는다. 일행은 공손하게 합장까지 하고는 등을 돌려 서로 한 쪽 눈을 찡긋하며 한 사람 소매를 슬쩍 잡아당긴다.

스님은 샘터 물을 뜰 때마다 바위 얼굴을 씻어주며 명상에 잠기곤 하셨고, 나는 물이 싫어 서너 발 떨어져 마른세수를 했다.

며칠 후, 달도 별도 숨은 깜깜한 밤이다.

스님 잔기침이 고요를 깨운다. 나는 발등을 핥다가 잠이 들었다. 그런데 낯선 발자국 소리에 퍼뜩 눈을 떴다. 나도 모르게 귀가 쫑긋하다. 툇마루 아래에선 바깥이 한 눈에 들어온다. 검은 물체 두 개다. 낮은 포복으로 살금살금 기어와 샘터에서 수화하듯 이상한 움직임을 포착했다.

어라? 수석이라던 부처석을 조심스럽게 일으켜 세우는 게 아닌가. 그들의 몸놀림이 빨라진다. 낮에 내가 무슨 생각을 하는지, 방안에서도 꿰뚫고 계시는 스님은 무얼 하시는지?

'어떡하지. 그냥 버럭 소리 질러볼까. 그런데 저들이 돌을 던지면…….'

목덜미부터 등줄기 털이 오소소 돋으며 꼬리 끝까지 털이 팽창하듯 뻗쳤다. 밤엔 사람이 두렵다. 그냥 모른 척 눈을 감고 싶었다. 그 순간, 낮에 돌 틈으로 사라졌던 생쥐가 쪼르르 샘터로 달려간다. 샘터 주위를 맴돌며 비명처럼 찍찍거린다.

'에라, 모르겠다!'

"먀아옹, 먀아옹!"

처음으로 다급하게 낸 큰 목소리다.

"우연 동자, 무슨 일인가?"

"먀아옹, 먀아옹!"

예사롭지 않은 내 목소리에 스님이 방문을 벌컥 열어젖히며 나오신
다. 두 사람은 맞잡은 부처석을 내려놓고 삼십육계 줄행랑쳤다. 나는
그제야 툇마루 아래에서 어슬렁거리며 나왔다.

"허허, 서생원과 우연 동자가 도둑을 지켰네 그려."

"……미아옹."

생쥐에게 미안하다. 녀석보다 용기가 없었다니.

'그냥 쥐 잡듯 확 덤볐어야 했는데…….'

아쉽다. 후회가 새벽별로 콕콕 박혔다. 스님 잔기침은 타이름으로 들
려왔다.

이른 아침 스님 비질소리에 깼다.

"우연 동자 일어났는가?"

"미아옹."

온몸을 비틀어 기지개 켜는 사이 바위틈에서 고개 내민 생쥐가 슬금
슬금 나왔다.

나는 스님 앞에 합장하듯 두 앞발을 포갰다. 사람들이 스님 앞에서
합장하는 모습을 보고 내 나름대로 예를 갖추는 방식이다. 그런데, 생
쥐가 내 옆에서 나를 따라하고 있다. 겁도 없이. 눈이 마주치자 앞니를
드러내고 생글 웃는다. 나도 그만 따라 웃고 말았다.

스님은 제자리에 놓인 수석 부처상을 세수 시키며 흐뭇하게 웃으신다. 생쥐는 목에 잔뜩 힘을 주고 스님을 올려다보며 찍 웃고, 나는 허리를 꼿꼿이 세워 스님과 처음 만난 그날의 눈빛으로 스님을 올려다봤다.

"미아옹, 미아옹!"

蓮曙池　都僖主
경남 창원 출생.
부산문예대학 수료. 아동문예로 등단.
창원문협, 경남문협, 경남아동문학회 회원.

숲속 나라 바가지

박 선 영

    사자 대왕이 다스리는 숲속 나라에는 사슴, 토끼, 여우 등 산짐승 서른 마리가 모여 살고 있어요. 사자 대왕은 사랑으로 산짐승들을 다스렸기에 모두가 서로를 아껴주고 행복하기만 했어요.

    그곳에는 맑은 물이 펑펑 솟아나는 옹달샘이 하나 있지요. 옹달샘 바로 옆에는 항상 빨강, 파랑, 노란색 예쁜 바가지가 놓여있고요. 산짐승들은 목이 마르면 그곳에서 바가지로 물을 퍼 마셨어요.

    물이 얼마나 맑고 시원한지 한 모금만 마셔도 뱃속까지 서늘해져서 옹달샘은 숲속 나라의 큰 자랑거리였지요.

    그러던 어느 날, 옹달샘 근처로 산책을 나온 사자 대왕이 깜짝 놀랐어요.

    "아니, 옹달샘 물이 왜 이렇게 줄어들었지?"

    그러고 보니 요사이 비가 너무 안 왔어요.

    "음, 이대로 두면 옹달샘 물이 말라버릴 수도 있겠는 걸."

    사자 대왕은 그길로 산짐승들을 모아놓고 말했어요.

    "힘들더라도 가뭄 동안은 서로 힘을 합쳐 노력해줘야겠다."

    사자 대왕은 그날부터 빨강, 파랑, 노랑 세 개의 바가지 가운데 노랑 바가지를 치워버렸어요. 그러면 아무래도 바가지가 세 개일 때보다 물을 절약할 수 있다고 생각했지요.

산짐승들은 조금 불편했지만 참았어요. 미래를 위해서 말이지요.

그렇게 며칠이 지나고, 여느 때처럼 새벽운동을 끝낸 토끼가 목이 말라 옹달샘을 찾았어요.

"어, 바가지가 하나밖에 없네."

빨강, 파랑 두 개의 바가지가 놓여있어야 할 자리에 빨강 바가지 하나만 달랑 놓여있지 않겠어요. 토끼는 얼른 그 사실을 사자 대왕에게 알렸어요.

"흐음, 파랑 바가지가 없어졌다고?"

사자 대왕은 생각을 해보았어요.

"바람에 날아가 버렸거나, 아니면 누가 급하게 물을 바가지에 가져갔다가 깜빡 잊고 안 가져온 거 아닌가? 그러다 시간이 지나버려서 이번에는 미안해서 못 가져올 수도 있거든."

사자대왕은 토끼에게 이번 일을 말하지 말라고 부탁했어요. 그리고는 자신이 갖고 있던 여분의 노랑 바가지를 옹달샘에 갖다 놓았지요.

며칠 동안 빨강, 노랑 바가지로 산짐승들이 물을 마셨어요. 그런데 쓰다 보니 세 개 있을 때와는 달리 여간 불편한 게 아니었어요. 특히 날이 더워 목이 많이 마른 날에는 길게 줄을 서야 했거든요.

그러던 어느 날, 다람쥐가 달려와서 숨을 몰아쉬며 말했어요.

"사자 대왕님, 큰일 났습니다. 또 바가지 하나가 없어졌어요."

이번에는 사자 대왕도 참을 수가 없었어요. 산짐승들을 불러 모았지요.

"도대체 누구 짓이야?"

사슴도 토끼도 노루도 곰도, 모두 다 아니라고 고래를 옆으로 저었어요. 하지만 어쩌겠어요. 누가 훔쳐가는 걸 본 것도 아니고 그렇다고 일일이 집을 다 뒤져서 찾아낼 수도 없는 노릇이었지요. 하는 수 없이 사자 대왕은 이번에도 새 바가지를 하나 내 놓았어요.

"이번까지만 참는다. 하지만 또다시 이런 일이 생기면 그때는 범인을 잡아 용서치 않으리라."

사자 대왕의 엄포에 산짐승들 모두 벌벌 떨었어요.

"도대체 누구의 소행일까?"

그렇지만 서로 멀뚱멀뚱 얼굴만 쳐다볼 뿐 알 수가 없었지요.

그러나 정작 문제는 이때부터 생기기 시작했어요. 서로 믿고 평화롭기만 하던 숲속 나라에 서로가 서로를 의심하는 버릇이 생기기 시작한 거예요. 그리고 일은 점점 더 커지기 시작했어요. 옹달샘 옆에 갖다 놓은 새 바가지들이, 갖다 놓을 때마다 번번이 없어졌지요.

이제 숲속 나라의 산짐승들은 모두 불안에 떨기 시작했어요.

"이러다가 사자 대왕이 화가 나서 아예 바가지를 없애버리는 건 아닐까?"

바가지가 없으면 산짐승들은 물을 마실 수가 없어요. 할아버지의 할아버지, 그 위 할아버지 때부터 물은 바가지로만 먹는다고 약속해서, 계속 그렇게 이어져오고 있었거든요.

"하는 수 없지 뭐. 나도 이참에 몰래 하나 훔쳐다 감춰놓고 혼자 쓰는 수밖에."

너구리도 살쾡이도 다람쥐도, 모두 같은 생각을 했어요.

사슴과 토끼, 노루, 여우, 곰은 벌써 집에 바가지를 하나씩 가져다 숨겨 놓고 쓰고 있고요.

이제는 누가 맨 처음에 바가지를 훔쳐갔는지는 문제가 되지 않았지요. 그리고 숲속 나라에는 새로운 풍속이 생겨났어요. 친한 친구끼리 서로 물바가지를 빌려주고 받더니 나중에는 생일선물로 바가지를 주기도 했어요. 산짐승들 사이에는 바가지를 가지고 있다는 게 공공연한 비밀이 되어버렸어요. 어디 그뿐인가요. 시간이 흐르면서 예쁜 바가지를 가지고 있는 게 자랑거리가 되기까지 했어요.

그러다가 여우가 생각했어요.

"바가지 한 개로는 왠지 불안해. 여분으로 한 개 더 갖다 놓아야지."

그 뒤로 너도 나도 여분의 바가지를 한 개씩 더 갖게 되었어요.

그러는 사이 계절도 바뀌고 비가 많이 내려 가뭄이 해갈되었지요. 옹달샘도 다시 예전처럼 펑펑 샘솟았어요. 하지만 이제 더 이상 옹달샘 옆에는 빨강, 파랑, 노랑의 예쁜 바가지는 놓여있지 않았어요. 다들 바가지를 집에 두고 있으니까요. 하나도 아닌 두 개씩이나 말이지요.

더 이상 화낼 기력이 없어진 사자 대왕이 생각했어요.

"왜 이렇게 된 걸까? 예전에는 빨강, 파랑, 노랑 바가지 세 개만 가지고도 잘 지내왔는데……."

사자 대왕은 끝내 그 이유를 찾지 못한 채 땅바닥에 써 내려갔어요.

'처음엔 3개, 지금은 60개. 그럼 앞으로는 몇 개?'

사자 대왕이 떠난 자리에는 물음표만 수없이 씌어져 있었어요.

雲門 朴鮮瀅
불교신문 신춘문예로 등단, '올해의 불서' 2회 수상.
지은 책으로 『정말 멋져, 누가?』, 『물도깨비의 눈물』, 『석가모니는 왜 왕자의 자리를 버렸을까?(공저)』, 『미운오리 새끼들』, 『특별한 장승(공저)』 등이 있다.

숙 제

박 춘 희

"월요일 1교시까지 한 사람도 빠짐없이 작문 제출할 것!"

선생님은 종례를 끝내면서 한 번 더 강조했습니다.

"선생님, 숙제가 너무 어려워요."

"'세상에서 가장 소중한 것'이 얼마나 많은데, 어떻게 하나를 골라요?"

"숙제가 수수께끼 같아요."

아이들의 불평에,

"주말에 책 좀 읽고 생각을 넓혀보렴, 4학년답게."

선생님은 출석부를 흔들며 교실 앞문으로 나갔습니다.

정미는 칠판의 낱말들을 공책으로 옮겼습니다.

공부, 정직, 사랑, 행복, 직업, 희망, 용기, 건강…….

모둠 발표에서 나온 것들입니다.

"칠판의 낱말에 답이 있어? 없어?"

난주가 반장에게 물었습니다. 반장은 선생님의 굵은 목소리를 흉내 냈습니다.

"김난주! 주말에 책 좀 읽고 생각을 넓혀보렴."

"너, 약 올릴래?"

난주가 청소 용구함에서 꺼낸 빗자루를 위로 쳐들자,

"야, 빗자루에게 물어봐. 매가 되고 싶은지!"

몇몇 아이들은 작문 숙제 때문에 자리를 떠나지 못했습니다.

"우리 아빠는 아침마다 '돈 벌어 올께' 하시니 '돈'이 가장 소중한 가봐."

"돈이 소중해도 가장 소중한 건 아니지."

"매일 먹는 밥, 집은 또 얼마나 소중한대?"

"가족이 더 소중해."

"목숨 걸고 북한을 탈출한 사람들을 봐. 가족보다 자유일 거야."

반장이 청소함을 두들겼습니다.

"야, 청소 당번들, 빨리 청소해. 집에는 언제 갈 거야?"

난주가 바닥을 쓸다말고 정미 자리로 왔습니다.

"너, 내일 도서관 갈 거지?"

"응."

정미는 토요일마다 걸어서 십분 거리의 구립 도서관에 다녔습니다. 난주도 몇 번 같이 간 적이 있었습니다.

"뭘 써야할지 막막해."

"나도 잘 모르겠어."

"정미야, 우리 집에서 점심 먹고 같이 갈래?"

정미가 고개를 끄덕였습니다.

"열한시 반까지 와. 약속!"

새끼손가락을 걸고 엄지도장까지 찍었습니다.

토요일 아침, 엄마는 평소보다 일찍 나갈 준비를 마쳤습니다.

"정미야, 오늘 점심은 어떻게 할래?"

"난주 집에서 같이 먹고 도서관에 가기로 했어요."

"고마우셔라!"

엄마는 슈퍼마켓 식품부에서 반찬을 만드는 조리사입니다. 주말에는 일거리가 많아 출근을 더 서둘렀습니다. 나가기 전에 신발장 옆의 거울부터 보았습니다.

"거울아, 거울아, 우리 마켓에서 반찬을 가장 정성껏 만드는 사람은 누구냐?"

엄마는 엄지손가락을 세워 앞가슴을 가리켰습니다. 이렇게 하면 발걸음이 가볍고 일도 즐겁다고 했습니다.

"엄마, 엄마는 세상에서 가장 소중한 게 뭐예요?"

정미는 현관을 나서려는 엄마를 붙들었습니다.

"갑자기 무슨 소리야?"

"세상에서 가장 소중한 것을 찾아 그 이유를 원고지 5매로 써야 해요."

"거울에게 물어 보렴. 엄마도 백설 공주처럼 묻잖니?"

"농담 아녜요. 중요한 숙제예요."

"나도 농담 아니다. 거울은 사실을 그대로 보여주니까. 엄마는 바빠. 안녕!"

현관문이 닫히고, 정미는 거울 앞에 섰습니다.

"거울아, 거울아! 세상에서 가장 소중한 것이 뭐니?"

거울 속에는 정미의 얼굴만 보였습니다.

"쳇, 거울이 사실을 그대로 보여주는 걸 누가 몰라요?"

엄마가 듣기라도 하듯 퉁명스럽게 반문했습니다.

정미는 약속 시간에 맞춰 집을 나섰습니다.

아파트의 초인종을 누르자, 난주가 문을 열었습니다.

집안은 고소한 냄새로 가득했습니다.

"안녕하세요?"

정미가 배꼽 인사를 하자, 난주엄마는 식탁으로 오라고 손짓했습니다.

"여기 앉아. 정미는 인사도 얌전하게 하는구나."

"덤벙거려도 정미랑 있으면 저도 얌전해져요. 엄마!"

"난주는 재밌고 명랑해서 좋아하는 친구들이 많아요."

"그래? 너희 둘은 성격상 서로 도움이 되겠네."

그때, 방문이 열리면서 흰머리의 할머니가 얼굴을 내밀었습니다.

"안녕하세요?"

정미가 인사를 해도 멀뚱한 표정이었습니다. 구부정한 허리로 느릿느릿 다가왔습니다.

"우리 증조할머니야. 잘 듣지 못하셔."

"큰 소리로 다시 인사 할까?"

"아냐, 괜찮아. 식구도 잘 못 알아보시는 걸."

볶음밥 접시가 식탁에 놓였습니다. 다진 고기와 양파, 당근, 감자, 피망이 색색으로 섞여 보기만 해도 침이 고였습니다.

달걀프라이가 증조할머니의 볶음밥에만 얹혔습니다.

"엄마, 우리는요?"

"미안, 달걀이 한 개 뿐이야."

"달걀프라이에 토마토케첩을 뿌리면 더 맛있는데……."

난주엄마는 증조할머니를 의자에 앉혔습니다.

"아빠가 늘 말씀하셨잖니? 증조할머니가 최우선이라고. 할머니가 집 안일과 농사일로 눈코 뜰 틈이 없었을 때, 증조할머니가 아빠를 먹이고 업어 키우셨다고."

"그 말, 귀에 못이 박혔어요. 엄마!"

난주엄마는 증조할머니의 입에 틀니를, 목에는 턱받이를 걸어드렸습니다. 숟가락을 잡혀주자 손이 덜덜 떨렸습니다. 숟가락이 입에 닿는 동안 밥알이 반쯤 흘렀습니다. 정미의 시선이 증조할머니의 숟가락을 따라 움직였습니다.

"정미야, 걱정 말고 어서 먹어. 숟가락질이 뇌 운동에 필요해서 일부러 혼자 드시게 하는 거야."

정미가 고개를 끄덕였습니다.

난주가 먼저 접시를 비웠습니다.

"엄마, 아이스크림콘도 먹고 갈래요."

난주엄마가 냉동 칸에서 아이스크림콘을 꺼냈습니다. 증조할머니가 얼른 숟가락을 놓아버렸습니다.

"어―마, 어―마."

아기처럼 두 손을 뻗어 달라는 시늉을 했습니다.

난주엄마가 종이를 벗겨주자, 혀를 내밀어 핥기 시작했습니다. 그 모습에 모두 웃음을 터뜨렸습니다.

"난주야, 증조할머니가 어린 아기 같으시다."

"아기 같은 게 아니고 우리 집 아기씨야."

"아기씨?"

"응. 이제 고향, 이름, 나이도 다 잊으셨어. 팬티기저귀까지도 갈아드려야만 해."

"몇 살이신데?"

난주는 손가락 아홉 개를 폈다가 다시 여덟 개를 접었습니다.

"뭐, 98세!"

정미의 입이 딱 벌어졌습니다.

난주엄마는 증조할머니의 입과 손을 휴지로 닦았습니다.

"아기씨, 아이스크림 맛나요?"

아기가 옹알이 하듯 입안에서 중얼거렸습니다.

"아흔 다섯까지는 괜찮았는데, 치매 때문에 저리 되셨어. 그래도 몸은 전에 했던 행동을 기억하시는 것 같아."

난주엄마가 웃으면서 말을 이었습니다.

"젊었을 때는 마을에서 '이뿐이'로 통하셨대. 꾸미기를 좋아하셔서 경로당 가실 때도 거울보고 화장을 하셨지. 그 습관 때문인지 지금도 욕실에서 거울을 오래오래 보신다. 저 눈썹 옆에 딱지 있잖아, 때밀이 수건으로 빡빡 밀어서 그래."

"정말요? 많이 아프셨을 텐데."

"이뿐이 얼굴에 덮인 주름살과 검버섯이 싫으셨나봐."

"엄마, 어제는 주무시는 모습을 보고 깜짝 놀랐다니까요. 뺨에 시퍼런 멍 자국 있어 자세히 보니 머드(진흙)팩이 말라붙어 있었어요. 로션인 줄 알고 바르셨나 봐요."

정미는 아침에 거울 앞에 섰던 자신을 떠올렸습니다.

"난주야, 만약에 증조할머니가 거울에게 묻는다면 어떤 말을 하실까?"

난주는 고개만 갸웃거렸습니다.

"거울아, 거울아! '예쁜이는 어디 갔니'라고 하시지 않을까?"

난주엄마가 손뼉을 치며,

"그래, 맞다! 옛날의 당신을 찾고 싶으실 거야. 거울을 들여다보며 무언의 대화를 하시는지도 몰라. 정미야, 넌 어떻게 그런 생각을 다 하니?"

난주가 대신 대답했습니다.

"독서는 나의 힘, 정미는 '책벌레'니까요."

"우리 엄마가 그러셨어요. 거울은 사실을 그대로 보여준다고."

"정미야, 우리도 거울에게 숙제 좀 물어보자."

난주가 정미의 손을 끌고 욕실의 큰 거울로 갔습니다.

둘은 똑같이 입을 열었습니다.

"거울아, 거울아, 세상에서 가장 소중한 게 뭐니?"

거울에는 정미와 난주가 보였습니다. 정미가 엄지손가락을 세워 앞가슴을 가리켰습니다. 그 동작을 따라하던 난주가 갑자기 외쳤습니다.

"유레카(바로 그것)! 세상에서 가장 소중한 것은 '나' 야 나!"

"그래! 내가 없다면 세상도 없을 테니까."

"정미야, 어서 도서관에 가자. 내 얘기라면 쓸 게 많아."

정미와 난주는 부랴부랴 가방을 메고 나섰습니다.

둘은 도서관을 향해 뛰기 시작했습니다.

愛樂慧 朴春姬
〈소년〉, 〈새교실〉 동화추천 완료, 〈소년중앙〉 창간기념 동화 최우수 당선
한국아동문학상, 불교아동문학상 수상
동화집 『달맞이꽃』, 『가슴에 뜨는 별』, 『들꽃을 닮은 아이』 등

땀받이가 된 엄마

반 인 자

외진 산골에 작은 호수가 있습니다. 그 물빛은 항상 초록입니다.

호수에서 내려오면, 가난하지만 비둘기처럼 다정한 부부가 살고 있었습니다.

이 부부에겐 네 살과 다섯 살이 된 귀여운 남매가 있었습니다.

아빠는 집을 짓는 목수입니다. 그러기에 집을 여러 날 떠나 있을 때가 많았지요. 오늘도 일하러 가면 며칠 있다 올 것이 분명합니다.

"엄마와 잘 있거라."

"아빠, 빨리 와!"

아이들은 아빠 손을 잡고 마구 흔들었습니다.

"그래."

아빠는 한꺼번에 아이 둘을 덥석 안고는, 보드라운 얼굴에 비벼댔습니다.

남매가 까르르 웃어댑니다.

"집안일은 걱정 말고 잘 다녀오세요."

엄마는 아빠를 지그시 바라보며 빙긋이 웃었습니다.

"다녀오리다."

남매는 고개를 깊숙이 숙였습니다. 아빠의 멀어지는 뒷모습을 바라보며 계속 손을 흔들었습니다. 아빠도 뒷걸음으로 손을 흔들다가 손만 뒤로 한 채 흔들며 멀어졌습니다.

엄마는 곧장 텃밭으로 갔습니다. 오이, 가지, 풋고추를 땄습니다. 마침 장날이어서 시장에 팔기 위해 부지런히 자루에 넣었습니다.

오이가 조금 모자라는가 싶어, 덩굴 사이로 발을 성큼 들여놓았습니다. 마침, 엄마 바로 옆에 독사가 있었습니다. 엄마는 정신없이 일을 하느라 보지 못했습니다. 따끔 하는 순간 발등을 보니 뱀이 밭고랑 풀숲으로 꼬리를 감추고 있었습니다.

그 순간 엄마는 자신의 목숨보다, 어린아이들 걱정이 앞섰습니다.

머리에 쓴 수건을 쫙 찢었습니다. 독이 위로 올라오지 못하게 우선 발목을 힘껏 묶었습니다. 곁에 있는 깨진 사금파리로 발등에 상처도 냈습니다. 뱀독의 피를 뽑아내기 위함입니다.

남편이 돌아올 때까지 아이들이 먹고 지낼 수 있도록, 엄마가 해야 할 일들은 많았지요.

흩어진 땔감을 정신없이 부엌에 옮겨 놓았습니다. 산속에 있는 옹달샘까지 빠르게 뛰어다니며, 물도 항아리 가득 채웠습니다. 쌀도 넉넉히 씻어 밥솥에 앉히고 불을 지폈습니다. 반찬도 넉넉히 만들었습니다.

발등, 발목이 욱신거리고 부어올랐지만 개의치 않았습니다. 남편이 벗어 놓고 간 옷가지도 방망이로 두들기며 빨아 널었습니다. 땀이 비 오듯 흘러내렸지만 정신없이 이 일, 저 일을 찾아 했습니다.

온몸이 쥐어짜듯 땀이 흘렀지만 훔칠 겨를도 없었습니다. 철없는 어린 남매만 걱정이 되었습니다. 갈증이 나기에 물만 자꾸 벌컥벌컥 마셨습니다.

엄마는 아이들을 불렀습니다.

"애들아, 엄마가 잠을 좀 자고 싶구나. 일어나지 않더라도 깨우지 말거라. 밥도 넉넉히 해 놓았으니 먹고 놀면서 아빠를 기다려라. 물이 많은 호수에는 가지 말거라."

아이들은 엄마를 말똥말똥 쳐다보며 물었습니다.

"엄마, 아파?"

엄마는 대답할 겨를도 없이 픽 쓰러졌습니다. 곧 잠이 들고 말았지요.

엄마가 누운 자리에는 물이 고이듯 비지땀이 자꾸 흘러 내렸습니다. 온통 땀받이가 되어갔습니다.

밤이 지났습니다.

다음 날, 새 아침이 밝았습니다. 아침 햇살이 방안을 환하게 비춥니다.

그런데 엄마는 놀랍게도 몸이 뒤척여졌습니다.

의식이 들어 눈도 깜빡거려 보았습니다. 몸이 멀쩡해서 볼을 세게 꼬집어도 보았지요. 꽤나 아팠습니다. 엄마는 살아 있다는 것이 도저히 믿어지지 않았습니다.

얼른 발등을 보았습니다. 쑤시고 부어 있었지만 견딜 만했습니다.

'아! 내가 모르고 있었지만, 비 오듯 흘러내린 땀과 함께 몸속에 퍼져 있던 독이 조금씩 흘러 빠져 나갔나 봐. 아이들을 위해 열심히 일을 했기에 땀이 나를 살려주었구나.'

땀을 흘리는 일을 하지 않으면, 먹지도 말라는 친정어머니의 말씀이 어렴풋이 떠올랐습니다.

'어머니, 고맙습니다.'

발목을 풀고 물을 마시고는, 다시 한잠을 편안하게 잤습니다.

아무것도 모르고 마당에 뛰어놀고 있는 어린 아이들.

정신을 놓고 다시 자고 났더니 기운이 조금 돌아왔습니다. 젖은 옷을 갈아입으니 훨씬 개운했습니다.

아이들을 불렀습니다.

"엄마, 그렇게 많이 실컷 자서 이젠 안 아파?"

"응. 푹 자고 나니 괜찮구나."

엄마는 양팔로 아이들을 힘주어 꼭 껴안았습니다.

'너희들이 나를 살렸구나.'

蓮華心 潘仁子

월간문학 동시 신인상(2004)

한국아동문학 창작상

수필집 『아침무지개』, 동화집 『꿈을 줍는 토기산』 등

풍 경

봉 현 주

　정말 보고 싶으면 보고 싶다는 말을 못 합니다. 한이는 엄마 아빠가 보고 싶다는 말을 못합니다. 입을 열면 그대로 강물이 되어 터져 버릴 것 같기 때문입니다.

　오늘처럼 비가 오는 날이면 한이는 창가에 앉아서 비 구경을 합니다. 비는 한이의 마음입니다.

　"엄마 아빠 보슬보슬, 엄마 아빠 보슬보슬……."

　엄마 아빠가 조금 보고 싶을 때는 비가 속삭이듯 내립니다.

　"엄마 아빠 주룩주룩, 엄마 아빠 주룩주룩……."

　엄마 아빠가 많이 보고 싶을 때는 소리치듯 내립니다. 그보다 더 많이 보고 싶어 못 견딜 때는 우르릉 꽝, 천둥번개가 칩니다.

　"이런 날 집에 있으려니 심란하구나."

　오후가 되자 할머니는 외출 준비를 하였습니다. 우울한 마음을 털어 버리려는 듯 연분홍 옷을 입고 한이에게도 밝은 하늘색 옷을 입혔습니다.

　할머니가 한이를 데리고 간 곳은 인사동의 한 찻집이었습니다. 할머니 친구가 하는 곳이었습니다.

"이 사람, 이 무정한 사람아, 그 동안 어떻게 지냈어?"

할머니 친구는 할머니의 손을 꼭 잡았습니다.

"아들 며느리 저 세상으로 보내고도 삼시세끼 꼬박꼬박 챙겨먹고 지냈지."

"그러니 마음고생이 얼마나 심하셨겠나."

할머니 친구는 측은한 눈길로 한이를 돌아보았습니다. 그 눈길을 피하듯 한이는 자리에서 일어섰습니다.

"나가서 구경하고 올게요."

한이는 우산을 챙겨들고 밖으로 나왔습니다. 흩뿌리던 비가 그치고 거리에는 하나 둘 사람들이 늘어나기 시작했습니다. 닫혔던 가게 문들도 열리기 시작했습니다.

한이는 안국동 쪽으로 걸어갔습니다. 길 양옆에는 옛날 물건들을 파는 가게들이 즐비했습니다. 주로 도자기, 그림, 놋쇠그릇, 옛날 책 등을 파는 가게들이었습니다.

"옛날엔 우리도 한가락 하는 몸들이었다고!"

진열된 물건들이 그렇게 말하는 것 같았습니다. 그러나 한이는 못 본 체하며 그냥 지나쳐 갔습니다. 구경하겠다는 말은 핑계였을 뿐 한이는 도자기에도 그림에도 놋쇠그릇에도 관심이 없었습니다.

인사동 끝에 이르렀을 때였습니다. 무엇에 끌리기라도 한 듯 한이는 그 자리에 멈춰 섰습니다.

'풍경'

새하얀 페인트칠이 되어 있는 가게 진열장에는 동글동글한 얼굴, 발그레한 볼, 맑은 눈망울의 동자승 그림들이 전시되어 있었습니다.

이상하게도 한이는 동자승이 낯설지 않았습니다. 아주 오랜 옛날부터 잘 아는 사이 같았습니다. 어쩌면 세상에 태어나기 전부터 알고 있었는지도 모르겠습니다.

"마음에 드니?"

어느 새 나왔는지 주인여자가 옆에 붙어서 있었습니다.

"그래, 꼭 너같이 생겼구나."

주인여자는 한이와 그림 속의 동자승을 번갈아 보았습니다.

"저거 비싸요?"

"싼 것도 있지."

주인여자는 한이의 손목을 잡곤 가게 안으로 들어갔습니다.

"저건 네게 너무 커. 이런 건 어떠니?"

주인여자가 내놓은 것은 엽서였습니다. 엽서에는 가게에 걸린 그림보다 훨씬 많은 동자승이 있었습니다. 나뭇짐을 진 동자승, 별을 보는 동자승, 으랏샤 하는 동자승, 쪼그리고 앉아 있는 동자승들이었습니다. 그 중에서 한이는 첫 삭발을 한 후 그렁그렁 눈물을 매단 동자승과 부엌문에 기대 햇살을 쬐고 있는 동자승, 장지문 사이로 얼굴을 내민 동자승을 골랐습니다.

"꼭 너 같은 것만 골랐구나."

주인여자는 한이가 고른 것을 종이봉투에 넣어주었습니다. 한이는 종이봉투를 가슴에 꼭 품어 안았습니다. 아주 오랫동안 헤어져 있던 친구를 만난 기분이었습니다.

가게에서 나와 보니 할머니가 멀리서 두리번거리며 오고 있었습니다.

"뭘 샀니?"

할머니가 종이봉투를 보고 물었습니다.

"친구가 그려진 그림이오."

집으로 오자마자 한이는 엽서를 벽에 붙였습니다. 그리곤 그 앞에 섰습니다.

비가 다시 내리기 시작했습니다. 열어놓은 창문으로 조금씩 비가 들이쳤습니다.

'안녕!'

한이는 속으로 인사하며 고개를 까딱해 보였습니다. 그러자 그림 속의 동자승도 고개를 까딱했습니다.

"안녕!"

소리 내어 인사까지 했습니다. 한이는 눈을 비볐습니다. 혹시 꿈이 아닌가 싶었습니다. 살을 꼬집어보기도 했습니다.

"놀랄 것 없어. 우린 지금 마음이 통하고 있는 거야."

동자승이 웃으며 말했습니다.

"너의 간절한 마음이 날 불러낸 거야."

"그림에도 마음이 있어?"

"그럼, 그린 사람의 마음이 있지. 난 원성 스님이 그렸으니까 그 분의 마음이 있는 거야, 너와 같이 어머니를 그리워하는 그 분의 마음이."

"그럼 스님이 원성 스님이야?"

"아니, 난 그냥 그 분 마음 중 일부분일 뿐이야."

그때 갑자기 방문이 벌컥 열렸습니다.

"밥 먹으라는데 뭐하니? 아이고, 방이 물바다가 됐구나!"

할머니가 뛰어들어와 창문을 닫았습니다. 한이는 그제야 엉거주춤 비켜섰습니다.

할머니 말대로 방이 엉망이었습니다. 방바닥에는 잔뜩 물이 고여 있었고 옆에 있던 책과 옷가지들도 젖었습니다.

"죄송해요. 스님과 얘기하느라 몰랐어요."

한이가 벽에 붙어 있는 엽서를 가리켰습니다. 엽서 속의 동자승은 할머니에게도 따뜻한 웃음을 지어 보였습니다.

"무슨 얘길 했는데?"

할머니가 걸레로 방바닥을 닦으며 물었습니다.

"그림에도 마음이 있대요. 그린 사람 마음이오. 그 마음을 제가 불러냈대요."

한이는 동자승 말을 그대로 옮겼습니다.

"밥이나 먹어라."

그러나 할머니는 한이의 말이 채 끝나기도 전에 걸레를 들고 일어섰습니다. 한이는 할머니가 자기 말을 믿지 못한다고 생각했습니다.

"당연한 거야. 마음으로 하는 말은 아무나 들을 수 있는 게 아니니까."

할머니가 나가자 동자승이 말했습니다.

밥을 먹으면서도 한이는 온통 동자승 생각뿐이었습니다. 그림과 마음이 통하다니, 신기하고도 신기했습니다.

'다른 그림과도 마음이 통할까?'

서둘러 밥을 먹고 방으로 가자 한이의 마음을 안 듯 동자승이 말했습니다.

"물론 다른 그림과도 통할 수 있지. 그림 뿐 아니라 세상의 모든 것들과도. 마음은 불가능한 게 없거든. 안 된다고 생각하는 마음이 안 되게 할 뿐이지. 자, 이리 들어와봐."

동자승이 손짓했습니다.

"엽서 속으로 들어오라고?"

한이는 깜짝 놀랐습니다.

"어떻게 엽서 속으로 들어가?"

"안 된다는 생각을 버리면 돼. 안 된다는 마음으로는 아무것도 못하거든."

한이는 동자승의 말을 믿기로 하였습니다. 마음이 통한다는 것, 그것은 믿는다는 말이기도 했습니다. 그렇게 생각하는 순간, 한이는 엽서 속으로 쑤욱, 빨려들어 갔습니다.

"어서 와!"

장지문을 활짝 열며 동자승이 맞아주었습니다. 한이는 눈을 크게 뜨고 주위를 돌아보았습니다. 어느 절 마당인 듯싶었습니다.

"여기가 우리 집이야. 이리 와."

동자승이 한이의 손목을 잡고 대웅전을 향해 달려갔습니다.

대웅전에서는 수계식이 거행되고 있었습니다. 상단 앞 법좌에 큰스님이 앉아 있었고, 그 앞 마룻바닥에는 수많은 젊은 스님들이 무릎을 꿇고 앉아 있었습니다.

"살아 있는 것을 함부로 죽이지 않겠습니다. 남의 것을 훔치지 않겠습니다. 사음하지 않겠습니다. 거짓말을 하지 않겠습니다. 술 마시지 않겠습니다. 높은 자리에 앉거나 잠자지 않겠습니다. 치장을 하거나 향수를 바르지 않겠습니다. 춤을 추거나 노래하지 않겠습니다. 금이나 은을 갖지 않겠습니다. 오후에는 먹지 않겠습니다. 행자들아, 이것을 지키겠느냐?"

큰스님이 묻자 스님들은 대답 대신 큰소리로 십계를 따라 외웠습니다. 한이는 어리둥절하여 동자승을 보았습니다.

"마음을 다스리자면 몸부터 다스려야 해. 그래서 저런 계율이 생긴 거야. 마음공부를 하려고 스님이 된 거니까."

동자승이 속삭이듯 설명해 주었습니다.

"마음공부가 뭔데?"

"본래의 마음으로 돌아가는 거. 우리 마음은 본래 맑고 깨끗한 거야. 그 맑고 깨끗한 마음으로 되돌아가는 거야."

"돌아가서 뭐하게?"

"하고 싶은 걸 하지. 남들도 도와주고. 내가 그랬지, 마음은 불가능한 게 없다고. 하지만 더럽고 탁한 마음으론 아무것도 할 수가 없어."

"맑고 깨끗한 마음이면 엄마 아빠도 만날 수 있어?"

한이가 가장 묻고 싶은 말이었습니다.

"그럼."

말하는 동안 연비가 시작되었습니다. 팔뚝에 불붙인 향을 놓고 견디는 의식이었습니다.

"저렇게 해서 몸에 대한 집착을 없애고, 자기 자신에 대한 집착을 없애는 거야"

"뜨겁지 않을까?"

한이는 한 사람 한 사람 팔뚝에 불붙인 향이 놓일 때마다 눈을 질끈 감았습니다.

"조금 따끔할 뿐이야. 주사 맞는 것처럼."

동자승은 한이를 데리고 뒷산으로 올라갔습니다. 절이 한눈에 내려다보이는 울울한 숲 속이었습니다.

"엄마 생각이 날 때마다 난 여기 누워서 하늘을 봐. 그런 날에 별을 보면 별들이 다 눈물 같아."

순간, 한이는 동자승이 엉터리라는 생각이 들었습니다.

"마음으로는 뭐든지 할 수 있다며? 그런데 왜 스님은 엄마를 못 만나고 여기서 그리워하기만 해?"

"엄마를 그리워하는 마음, 그게 바로 엄마를 만나는 거야."

"순 엉터리!"

한이가 소리를 질렀습니다.

"그런 거라면 나도 할 수 있어!"

"맞아, 함께 있지는 않지만 늘 함께 하는 사람들이 있지. 한이 엄마 아빠처럼 말이야."

"그런 거 말고. 난 엄마 아빠랑 함께 살고 함께 놀러가고 싶단 말이야!"

한이는 그만 엉엉 울음을 터뜨렸습니다.

"한이가 있는 곳엔 항상 엄마 아빠가 계셔. 한이가 놀 때 함께 놀고, 한이가 밥 먹을 때 함께 먹고, 지금처럼 울 땐 함께 울면서 말이야."

어느덧 저녁 예불을 알리는 종소리가 들려왔습니다. 한이는 동자승과 나란히 누워 하늘을 보았습니다. 바람이 사사삭, 나뭇잎을 흔들었습니다.

한이는 눈을 감았습니다. 엄마 아빠 얼굴이 커다랗게 떠올랐습니다. 한번 생각하면 강물처럼 터져 버릴 것 같아서 지우고 또 지워버린 얼굴들이었습니다.

"그만 봐라. 그림 다 닳겠다."

갑자기 누군가 어깨를 잡았습니다. 할머니였습니다.

깜짝 놀라 돌아보니 방이었습니다. 스님들의 수계식, 절 뒷산의 나뭇가지, 종소리, 바람소리가 눈에 선하고 귀에 쟁쟁한데 몸은 방에 돌아와 있었습니다.

"그러고 보니 스님이 너랑 많이 닮았구나."

할머니가 한이와 엽서 속의 동자승을 번갈아 보았습니다. 할머니 말대로 한이와 동자승은 정말 많이 닮았습니다. 엄마를 그리워하는 마음만큼이나 닮았습니다.

한이는 창문을 열었습니다. 창문에 매달려 있던 빗방울이 후두둑 떨어졌습니다.

"한아, 엄마 아빠는 항상 한이와 함께 있어. 한이가 만나고 싶으면 언제든지 만날 수 있어, 우리가 만난 것처럼."

마음속 깊은 곳에서 동자승이 속삭였습니다.

空學 奉賢珠
한국일보 신춘문예 「보리암 스님」 동화 당선(2002)
작품집 『상근이 놀자』 『노란우체통』 『개밥에 도토리』 등

아 디

손 수 자

　송 원장은 두 팔을 깍지 낀 채 텅 빈 방을 둘러보았습니다.

　원장실, 주사실, 간호원실 그리고 입원실의 칸막이를 전부 뜯어내 버리고 나니 그야 말로 운동장같이 너릅니다. 느티나무가 긴 그늘을 만들고 그 속에 살고 있던 매미소리도 함께 와르르 쏟아지던 어린 시절의 운동장이 그립습니다.

　다시 오른 손을 왼쪽 팔꿈치에 대고는 왼손으로 턱을 바치며 고개를 끄덕거립니다.

　"그래, 아무 것도 필요 없어. 이제부터 시작이니까."

　유리창 틈새로 들어온 햇살이 여러 개의 선을 그려 놓았습니다. 그 사이로 송 원장은 두어 걸음 천천히 걷다가 창을 가만히 열었습니다.

　그 새가 보이지 않습니다.

　송 원장의 마음을 바꾸어놓은 그 박새가 보이지 않았습니다.

　평소 바깥을 잘 내다보지 않던 송 원장이었습니다. 우연히 블라인드를 올리고 창밖을 내다볼 때였습니다. 삐쭉 큰 미루나무 가지 위에 한 마리 박새가 앉아있었습니다. 뒷덜미가 노란 작은 몸집의 박새는 쉬지 않고 재재거렸습니다. 그런데 송 원장에게는 계속 무어라고 이야기하는 것처럼 들렸습니다.

"뭐라고? 다시 말해봐."

차트를 가지고 들어오던 간호사가 눈을 동그랗게 뜨며 대답했습니다.

"원장님, 전 아무 말씀도 안 드렸는데요!"

"으응, 저 새 보고 한 소리야."

"아이, 원장님. 농담도 할 줄 아시네요."

평소 유머도 모르고 지시만 하던 송 원장이었습니다.

재재거리는 박새 소리는 쉽게 블라인드를 내릴 수 없게 했습니다. 새소리를 듣고 있으면 마음이 맑아지고 어린 시절이 떠오르며 마음까지 편안해졌습니다. 괜히 장난기가 올라 손뼉을 쳐서 후려쳐보기도 했습니다. 그러나 박새는 날아가지 않고 계속 재재거리고 있었습니다.

"나는 누구인가?"

"무엇을 위해 사는가?"

"행복은 무엇일까?"

병원과 집 밖에 모르던 자신이 바보 같다는 생각이 퍼뜩 들었습니다. 그 후 창밖을 내다보는 시간이 잦아졌고 퇴근하면 옥상으로 올라가 고개가 아프도록 별도 세어보았습니다.

"지나간 시간은 할 수 없지만 지금부터라도 잘 살아보자."

그래서 송 원장은 의사 폐업신고를 냈습니다. 미련 없이 흰 가운을 벗기로 했습니다. 특별히 몸이 아프거나 의사 일을 못할 이유는 없었습니다.

그저 창밖에 지저귀던 박새가 송 원장을 바꾸게 한 것이었습니다.

아내는 몇 날을 토라져서 말도 하지 않았습니다.

꼭 쥐고 있던 풍선을 놓쳐버렸을 때의 허허함이 없는 것은 아니었습니다. 그러나 언젠가는 날아갈 파랑새일 뿐입니다. 새처럼 훨훨, 구름처럼 둥둥, 바람처럼 휙휙 자유롭고 싶었습니다.

"그렇다면 2층은 전세를 내도록 하겠어요."

송 원장은 머리를 가로 저었습니다.

"그 넓은 곳을 그냥 묵힌단 말이요. 한 달에 돈이 얼만데……"

아내는 이해할 수 없다는 듯이 얼굴을 찡그렸습니다.

"벌만큼 벌어다 당신에게 주었잖소, 이제 나도 잘 살아볼 거요."

"여태 잘 살아왔잖아요. 더 이상 어떻게 잘 살아요!"

"당신은 잘 살아왔지, 이제부터 나도 잘 살아볼 거요!"

송 원장은 빙긋 웃으며 아내에게 다짐했습니다.

"2층은 나 혼자 쓸 테니, 함부로 들어오지도 말고 그대로 두시오."

아내는 입을 비쭉거리며 쿵쿵 발소리를 내며 3층으로 올라가버렸습니다.

의사 일을 할 때는 하늘은 없었습니다. 일어나면 바로 병원으로 들어가 온종일 환자만 보았습니다. 환자들이 많을 때는 점심도 거르고 늦은 저녁을 먹는 둥 마는 둥하였습니다. 퇴근하면 바로 3층으로 올라가 씻고 자는 것이 전부였습니다. 학회에 가면 만나는 동료 의사 외는 친하게 지내는 친구도 잊어버렸습니다.

그런 세월은 송 원장의 맑은 눈빛을 쌀뜨물처럼 만들었고 반짝거리던 머리칼은 어느 새 하얗게 눈이 쌓였으며 팽팽하던 피부는 축 늘어져 군데군데 검버섯이 피었습니다.

운동장 같은 병원을 한 번 둘러본 송 원장은 미리 사 둔 두툼한 자물쇠로 문을 채웠습니다. 그리고 열쇠를 한 번 공중으로 들어올린 후 주머니 속에 넣고 집을 나섰습니다.

겨울이었지만 햇살은 따뜻했습니다.

이 시각에 하늘과 해를 볼 수 있다는 것만으로도 송 원장은 행복했습니다. 잔잔한 웃음이 입가에서 떠나지 않았습니다.

옷을 벗어버린 겨울나무가 송 원장이 벗어버린 흰 가운처럼 홀가분해 보였습니다. 누가 겨울나무를 춥고 외롭다고 했습니까? 잎을 떨어내버린 겨울나무가 시원하게 놓아버린 자신과 닮았다고 생각하면서 두 팔을 흔들며 걸었습니다. 휘파람이 절로 나왔습니다.

송 원장은 버스를 탈까 생각하다가 전철역까지 걷기로 했습니다. 세 구역을 가야 하는 거리였지만 송 원장은 바퀴가 달린 신을 신은 것처럼 신났습니다. 마음이 꽃밭이니 몸은 마치 나비가 된 것 같았습니다.

양 길가에 펼쳐져 있는 여러 가지 물건들을 구경하는 재미도 쏠쏠했습니다. 누런 상자 안쪽을 오려서 붉은 매직펜으로 쓴 서툰 글씨도 재미있었습니다.

"한 켤레 500원."

양말이 한 켤레 오백 원이라고 합니다. 뒷짐을 지고 한참 고개를 내밀고 있으니 아주머니는 송 원장 코앞에다 양말을 들어올렸습니다.

"이런 것 어디 가서 살 수 있나 둘러보세요. 목도 잘 늘어나지 않고 색깔도 여러 가지예요. 천 원에 세 켤레 드릴 게요."

송 원장은 천 원을 주고 양말이 든 검은 봉지를 흔들며 흐뭇한 미소를 띠며 걸었습니다.

알록달록 모자가 줄줄이 걸려있는 리어카도 만났습니다. 선글라스에 빨간 모자를 쓴 젊은 남자는 기웃거리고 있는 송 원장의 머리 위에 노란 모자를 폭 씌워 주었습니다. 그리고 작은 손거울을 건네주면서 말했습니다.

"아주 멋집니다. 하나는 삼천 원, 두 개는 오천 원. 이것은 등산갈 때, 요것은 데이트할 때, 골라 골라 있을 때 사세요."

송 원장은 모자를 눌러쓰고 이리저리 거울을 보았습니다. 개구쟁이 청년이 거울 속에서 빙긋 웃고 있었습니다.

이번에는 작고 귀여운 라디오가 나란히 줄을 지어있는 곳에 눈길이 갔습니다.

"자, 수출품입니다. 백화점에 가면 삼만 원, 여기서는 단 돈 오천 원입니다, 오천 원!"

송 원장은 라디오에서 흘러나오는 옛 노래에 귀를 기울이다가 또 사서 허리춤에 차고는 걸었습니다. 한 번씩 비닐봉지를 들여다보며 흐뭇한 표정을 지었습니다.

점심때가 되었습니다. 그러나 송 원장은 배도 고프지 않았습니다. 평생 물건을 사본 적이 없는 송 원장은 마치 보물을 얻은 것 같았습니다.

이윽고 전철역이 보였습니다. 할아버지 한 사람이 매표소 앞에 있는 빨간 벨을 눌렀습니다. 그러니 전철표가 쏘옥 나왔습니다. 송 원장도 빨간 벨을 눌러 표를 들고는 계단을 올라가 전철을 탔습니다. 세상에 나오니 공짜도 있습니다. 늙는 것도 그렇게 나쁜 것 같지는 않습니다. 노인을 우대한다는 좌석은 그대로 비어 있었습니다. 송 원장은 주위를 한 번 둘러보고는 조심스레 가 앉았습니다. 데워진 공기가 뒷다리 쪽에서 솔솔 기분 좋게 뿜어나왔습니다. 잔소리하는 아내도 없고 진료를 해야 할 환자도 없습니다. 그저 앉아서 마주 보이는 사람들을 찬찬히 살펴보다가 혼자 싱겁게 웃어보기도 했습니다. 뒷다리에서 느껴지는 따뜻한 온기가 마음까지 데워주면서 스르르 잠이 쏟아졌습니다. 몇 번이

나 문이 열렸다가 닫혔는지 모릅니다.

마지막 역에 닿자, 다시 반대편으로 가서 갈아탔습니다.

이제는 집으로 돌아가야 할 것 같습니다. 배가 고프기도 하고 오늘 산 것을 빨리 집에 가서 입어보고는 산으로 갈 생각입니다. 작고 예쁜 라디오는 주머니에 차고서 말입니다.

계단을 오르는데 절로 콧노래가 나왔습니다. 텅 비어 있을 운동장 같은 보금자리를 그리며 문을 열었습니다.

"아니?"

언제 채워졌는지 창문까지 막아버린 높은 장식장에는 갖가지 상패와 책들로 가득 차있었습니다. 천장에서부터 내려온 화려한 불빛이 비싼 가죽 소파 위로 쏟아지고 있었습니다. 아내는 드레스를 입고 왕후가 된 것처럼 앉아 있었습니다.

"당신을 위해 준비했어요. 멋지게 꾸며주고 싶었다고요."

송 원장의 얼굴은 사가지고 온 양말 색보다 더 울긋불긋해졌습니다. 그리고 손에 들고 있던 검은 비닐봉지가 반짝이는 바닥으로 툭 떨어졌습니다.

"아니, 이런 싸구려들을 어디에 쓰려고 사온 거예요!"

아내는 검은 비닐봉지에 담긴 것을 들춰내 보고는 소리쳤습니다.

송 원장은 말없이 돌아서 다시 길로 나왔습니다.

허리춤에 찬 라디오 소리를 높이며 걷기 시작했습니다.

"……, 인도말로 '아디'는 시작을 의미합니다. 즉 '잡다' 라는 뜻을 가졌지요. 시간은 실체가 있는 것이 아니라 사람이 어디서부터 잡느냐에 따라 그 때부터 시간이 존재하게 된답니다. 혹시 늦었다고 생각할 때가 가장 빠를 때임을 아신다면 여러분, 지금부터 '아디'입니다."

저녁 햇살이 만든 그림자가 송 원장의 뒤를 조심스럽게 따라가고 있었습니다.

蓮華心 孫秀子
해강아동문학상, 눈높이아동문학상, 한국불교아동문학상 등 수상.
동화집 『단지엄마』 등.

비밀 수첩

양 정 화

"막내야. 빨리 일어나. 어휴! 이 잠꾸러기."

작은형이 깊은 잠에 곯아떨어진 강림을 흔들어 깨우고는 후다닥 식당으로 달려갔다. 강림은 억지로 눈을 뜨고 주변을 두리번거렸다. 형들은 모두 밥 먹으러 가고 없었다. 눈꺼풀이 딱 붙어서 잘 떠지지 않는 부스스한 눈을 비비면서 식당으로 가서 자기 자리에 앉았다.

"물건 잘 챙겨야지. 강림아."

식탁 제일 윗자리에 앉아있던 큰형이 수첩을 내밀었다. 수첩을 보자마자 강림은 잠이 확 달아났다. 어제 밤에 몰래 다락방에 숨겼던 낡은 수첩이었다. 절대로 찾아내지 못할 것이라 생각하면서 강림은 다락방 책장의 크고 낡은 책들 사이에 꽂아 뒀다. 그런데 어떻게 알아냈는지 큰형이 또 귀신같이 찾아온 것이었다.

"수첩을 잃어버린 게 벌써 열 번도 넘었다. 한 번만 더 잃어버리면 외출금지야. 알겠지?"

강림은 형들 중에서 가장 무서운 큰형 앞에서 대꾸 한 마디 못하고 기가 잔뜩 죽었다. 울고 싶었지만 그랬다가는 더 크게 혼난다는 것을 잘 알고 있었기 때문에 꾹 참았다. 사실 강림은 꾸중을 듣는 것은 그다

지 무섭지 않았다. 조용히 대답만 잘하면 얼마든지 무사히 넘어갈 수 있었다. 하지만 밖으로 나가지 못하면 그게 더 큰일이었다. 강림에게 가장 큰 즐거움은 친구들과 함께 노는 시간이었다. 그런데 어찌된 일인지 형들은 친구들과 놀지 못하게 했다. 과제가 끝나면 무조건 집으로 돌아와서 큰형에게 과제 검사를 받아야만 했다.

"오늘 해야 할 과제를 잘 살펴봐라. 또 빼먹었다가는 크게 혼이 날 테니까."

"네. 형님."

수첩을 훑어보던 강림이 한숨을 쉬었다. 수첩에는 도장이 찍히지 않은 과제가 빽빽하게 밀려 있었다. 먼저 식사를 마친 큰형이 외출 준비를 하기 위해 자기 방으로 가자, 작은형들은 강림을 보면서 키득키득 웃기만 했다.

"막내야. 잔머리 굴리지 말고 열심히 해라. 그래야 훌륭하게 자라지."

"어차피 할 일인데, 재미있게 해 봐."

"피하지 못할 일이라면 즐기라고 하잖아."

큰형이 없으면 작은형들은 막내를 놀려댔다. 막내동생이 실수하기를 기다렸다는 듯이 이런 저런 충고를 늘어놓기도 했다.

"형들도 처음부터 어른이었던 건 아니잖아?"

강림이는 작은형들에게 소리쳤다. 자기보다 윗사람에게는 절대로 말대꾸를 하지 못하도록 하는 큰형이 잠시 자리를 비운 틈을 타서 작은형들에게 대들었다.

"막내야. 저기 큰형님 오셨다."

둘째작은형이 눈을 동그랗게 뜨고 강림의 어깨 뒤쪽을 가리켰다. 강림은 깜짝 놀라며 뒤를 돌아보았다. 하지만 아무도 없었다. 작은형들의 장난에 또 속아 넘어간 것이었다.

"또 속아 넘어가네. 우리 막내 너무 귀여워."

"막내는 아직 모르나본데, 형들은 처음부터 어른이었어."

형들이 자꾸 놀려대자 강림은 화가 나고 속이 상해서 씩씩거렸다. 그 모습을 본 작은형들은 더 크게 웃었다.

"또 막내 놀리고 있느냐?"

식당 안이 쩌렁쩌렁하게 울릴 정도로 큰 소리가 들려왔다. 언제 왔는지 큰형이 문 앞에 서 있었다. 형제들은 어린 막내를 놀리며 떠드느라 큰형이 들어온 줄도 모르고 있었다. 큰형이 식당에 들어서자마자 순식간에 조용해지고, 작은형들은 후다닥 자세를 똑바로 고쳐앉았다. 큰형은 형제들 한 명, 한 명을 눈여겨보면서 가지고 온 종이를 한 장씩 나눠주었다.

"이번 주에 해결해야 할 과제다. 모두 정확하게 완성하도록 해라."

자기들의 종이에 적힌 내용을 본 작은형들이 아우성을 치기 시작했다.

"내가 또 이걸 해야 해? 지겹다, 지겨워."

"야호! 내가 드디어 그쪽으로 가는구나."

"이런. 이번 과제는 좀 까다롭겠는데."

형들은 한숨을 쉬거나 실망한 소리를 내기도 했고, 기대하던 것이 나왔는지 탄성을 지르는 형도 있었다.

"이제 겨우 열세 살짜리 소년에게 이런 걸 시키다니. 어른들이 너무 싫어."

투덜거리면서 큰형에게 받은 종이를 펼치던 강림은 깜짝 놀라고 말았다. 너무나 낯익은 글자가 보였다. 글자만 보아도 이번 과제가 어떤 일인지 바로 알 수 있었기 때문이었다. 어떻게 해서든지 강림은 이번에도 혼자 나갈 수 있는 핑계 꺼리를 만들어 내야 했다.

"막내는 다시는 수첩 잃어버리지 마라. 네 마음대로 할 수 있는 일이 많지만, 마음대로 해서는 절대로 안 되는 일도 많아."

큰형은 강림이 들고 있던 과제 종이를 손수 수첩에 꽂아주었다. 강림은 큰형이 이렇게 챙겨주는 것이 싫었다. 작은형들은 큰형이 막내만 감싸면서 편애하고 있다고 자주 불만을 터트렸다. 과제를 제대로 하지 않고 계속 사고를 치는데도 큰형은 막내를 나무라지 않고, 조용히 일을 해결해주었다. 이번 수첩 문제도 그랬다. 수첩은 형제들이 절대로 잃어버려서는 안 되는 물건이었다. 그런데도 큰형은 계속 수첩을 찾아서 막내에게 돌려주기만 할 뿐이었다.

"우리 형제 중에서 가장 어려운 과제를 해야 할 아이다."

큰형은 이 말로 형들의 불만을 막았다.

강림은 수첩을 탁자 위에 올려놓고 뚫어져라 보았다. 입맛이 싹 사라져버렸지만 밥그릇을 깨끗하게 비우기 전에는 나갈 수도 없었다. 과제를 하는 날 반드시 형제들이 모두 모여서 식사를 했다. 오래 전에 세 형제가 과제를 하는 중에 밖에서 밥을 먹는 바람에 일을 완전히 망쳤고, 그때부터 밖에서는 밥을 먹지 못한다는 규칙이 생기고 말았다. 형제들은 과제를 할 때마다 제공되는 음식을 무조건 거절할 수는 없다고 불만을 터트리기도 했다. 하지만 큰형은 무조건 안 된다고만 할 뿐이었다.

"쳇! 바보 같은 형들. 그깟 밥이 문제야?"

수첩을 펼쳤다. 지금까지 완료한 과제에는 도장이 찍혀있었다. 과제를 제출하면 큰형이 와서 도장을 찍어주며 머리를 쓰다듬어주기도 했지만 제대로 하지 못하면 엄청난 꾸중과 잔소리를 들었다. 수첩 마지막 부분에 큰형이 조금 전에 꽂은 종이가 보였다.

"김아림."

잘못 적힌 것이기를 바랐다. 하지만 종이에는 적힌 글자는 절대로 변하지 않았다.

'이번 과제는 시키는 대로 할 수는 없어. 절대로. 그 방법을 쓸 수밖에 없어.'

강림은 작은형들이 볼 새라 슬그머니 수첩을 덮었다. 그릇에 남은 밥을 재빨리 입에 집어넣고 다락방으로 몰래 올라갔다. 형들이 모두 과제를 하러 밖으로 나갈 때까지 숨어 있어야 했다. 집이 텅 빈 틈을 타서 큰형의 도장을 몰래 찍기만 하면 모든 것이 해결되는 일이었다.

"도장만 찍으면 네 마음대로 할 수 있을 거라고 생각했느냐?"

강림은 깜짝 놀라 주저앉고 말았다. 다락방에 숨어든 것을 아무도 못 본 줄 알았다. 그런데 어떻게 알았는지 큰형이 문앞에 서서 강림을 노려보고 있었다.

"앗! 큰형."

강림은 너무 놀라서 말도 제대로 할 수가 없었다.

"네가 무슨 생각을 하고 있는지 이미 알고 있지."

큰형은 놀람과 부끄러움에 고개를 들지 못했다.

"아무래도 오늘은 내가 너를 데리고 가야겠구나."

강림은 큰형 입을 꾹 다물고 뒤따르기만 했다. 어떻게 해서든지 큰형을 따돌리고 혼자 갈 방법을 찾아내야 했다. 그런데 아무런 방법이 떠오르지 않았다.

'배가 아프다고 해 볼까? 아니지. 나는 배가 아플 수가 없지. 수첩이 또 사라졌다고 할까? 아, 오늘은 큰형이 직접 가방에 수첩을 챙겨 넣었지. 이를 어쩐담.'

집을 나선 후로 큰형의 발걸음이 점점 빨라지기 시작했다. 큰형은 강림의 과제를 빨리 도와주고 난 다음 자신의 과제까지도 해야 하기 때문에 서두르는 것 같았다.

'시간이 촉박해지면 큰형이 자기 과제를 하기 위해 갈 수 밖에 없겠지?'

강림은 괜찮은 잔꾀를 생각해 내고는 일부러 천천히 걷기 시작했다.

"서둘러라. 막내야. 지금까지 밀린 네 과제를 다 하려면 시간이 부족하잖니?"

큰형은 귀신같이 알아차리고는 은근히 독촉했다.

"네, 형님."

강림은 힘이 다 빠지는 것 같았다. 어떻게 된 일인지 큰형은 강림이 생각하는 모든 일을 알아차리는 것 같았다. 작은형들처럼 짓궂은 장난을 하거나 놀리지도 않았다. 항상 덜렁거려서 해야 할 일을 빼먹는 일이 많은 강림을 제일 많이 챙기는 형이 큰형이었다. 그런데도 강림은 큰형이 무서웠다. 큰형을 따돌릴 궁리를 했지만 아무리 생각해 보아도 좋은 방법이 떠오르지 않았다. 큰형의 뒷모습은 거대한 산처럼 보였다.

그때 꽃밭 입구가 보였다. 가끔씩 강림이 친구들과 함께 노는 곳이었다. 어제도 큰형 몰래 하루 종일 친구들과 뛰어놀다가 늦게 들어가는 바람에 잔소리를 엄청나게 들었다. 그때 꽃밭에서 아이 하나가 뛰어다니는 것이 보였다.

"아! 이런."

강림은 자기도 모르게 소리를 질렀다. 어제 같이 놀았던 친구였다. 다른 친구들도 꽃밭에서 뛰어놀고 있는 것이 보였다. 강림은 당황하며 큰형 옆으로 달려갔다. 큰형이 꽃밭을 보지 못하도록 반대편에 서서 말을 걸어야 했다.

"저기, 저……큰형님. 오늘부터 정말 열심히 과제를 할 테니까 그냥 혼자 가면 안 될까요? 쉬운 일은 아니지만 혼자서 얼마든지 할 수 있는 일인데, 바쁘신 큰형님이 함께 가시지 않으셔도 될 것 같습니다. 그러니 그만 형님은……."

강림은 큰형의 옷자락을 붙잡고 다급하게 말했다. 조금이라도 더 가면 강림이 서천꽃밭에 숨겨놓은 아이들을 큰형이 보게 될 것이었다. 그때 큰형이 걸음을 갑자기 멈추었다. 그리고 옷자락을 잡고 있는 강림을 한 번 보고 반대편으로 고개를 돌렸다. 강림은 이미 들켜버린 것 같아서 숨소리도 낼 수가 없었다.

"사라진 아이들이 모두 여기에 있었다니."

큰형이 놀란 목소리로 외쳤다. 큰형은 입도 다물지 못한 채 지금까지 단 한 번도 본 적 없던 표정을 짓고 있었다.

"서천 꽃밭에 아이들의 영혼을 숨겨놓고 함께 놀고 있었느냐?"

큰형이 말에 강림은 덜덜 떨려왔다. 이번에는 영락없이 큰형보다 더 무서운 염라대왕에게 불려가서 꾸중을 들을 것을 생각하니 죽어버렸으면 좋겠다는 생각밖에 안 들었다. 죽으려고 해도 더 이상 죽을 수도 없는 존재지만, 큰형뿐만 아니라 염라대왕이나 천지왕도 찾을 수 없는 곳으로 도망가서 숨고 싶었다. 하지만 아무리 숨어도 저승차사 강림의 제일 우두머리인 큰형을 막내 강림인 자신이 따돌릴 수는 없었다.

"그러니까 왜 저한테 이런 일을 시켰냐고요?"

강림은 자기도 모르게 큰소리를 지르고 말았다. 이왕 큰형과 염라대왕에게 끌려가서 혼이 날 바에야 하고 싶은 말이라도 다 해버리고 싶었다.

"제가 언제 저승차사가 되고 싶다고 했나요? 이승에서도 겨우 13년

밖에 살지 못하고 왔는데, 왜 이런 일까지 시켜서 친구들을 저승으로 끌고 오도록 만들어요?"

갑자기 막내가 소리를 치자 큰형도 깜짝 놀란 듯했다. 그런데 그 순간 깜짝 놀랄 일이 벌어졌다.

"푸하하핫!"

큰형이 갑자기 웃기 시작했다. 참으려고 하는데도 도저히 참을 수 없는 것 같았다. 입을 막아도 웃음이 튀어나왔다. 그러자 강림은 더욱 화가 났다.

"아이의 영혼을 데려오는 동안 괴롭고 힘들어도 저승차사가 해야 하는 일이라고 혼자 끙끙 앓으며 참았는데, 형님은 뭐가 그렇게 우스워요?"

강림이 화를 내면 낼수록 큰형은 더 크게 웃었다. 마치 미친 저승차사 같았다.

"오늘 큰형님이 주신 종이에 적힌 아이는 제 동생이라고요. 제 친동생이요. 그 아이는 겨우 8살인데……. 저하고 똑같이 아팠지만, 아림이는 살 수 있다고 했다고요. 그런데 오빠인 저한테 동생을 데리고 오라고요? 전 저승차사가 싫단 말이에요."

강림은 가방에 있던 수첩을 꺼내서 길에 내팽개쳤다.

"이딴 저승명부는 만지기도 싫다고요. 으앙!"

참으려고 했던 울음이 터지고 말았다.

수많은 강림 형제 중에서 유독 막내만이 이승에서 살았던 시절을 기억하고 있었다. 그래서 형들은 대수롭지 않게 보는 일도 막내 강림에게는 너무나 힘든 일이었다. 큰 소리로 엉엉 우는 막내를 가만히 보던 큰형은 엉망이 된 수첩을 주워들었다. 수첩에 잔뜩 묻은 흙을 털어내고 빠져

나온 종이를 깔끔하게 정리해서 끈으로 묶어서 막내에게 내밀었다.

"싫다고요. 다시는 이런 일을 하지 않을 거예요."

그러나 강림은 수첩을 다시 길바닥에 던져버리고 서천꽃밭을 향해 달려갔다.

"얘들아, 어서 숨어. 다 들켰단 말이야. 빨리 도망 가."

강림의 울음소리를 듣고 지켜보고 있던 아이들이 꽃밭 한가운데를 향해 도망가기 시작했다. 그러나 얼마 가지 못했다. 달려서 도망치려던 아이도, 숨으려고 아우성을 치던 아이도 큰형의 손짓 한 번에 한 명씩 끌려오고 있었다. 강림이 큰형을 막으려고 큰형에게 몸을 던졌지만 꿈 쩍도 하지 않았다. 막내가 가장 강한 힘을 가진 저승차사인 큰형을 이 길 수는 없었다. 큰형은 반항하는 영혼을 잡기 위한 줄로 막내를 묶었 다. 막내가 계속 덤벼들면서 방해를 하여 영혼이 하나라도 도망을 가면 큰일 날 수도 있었기 때문이었다. 강림은 자기가 서천꽃밭에 숨겨두었 던 영혼들을 모두 잡아들이는 큰형을 보면서 소리쳤다.

"영혼은 끊임없어 데리고 오잖아요? 그 아이들은 그냥 보내줘도 되 잖아요? 이승으로 도망가는 것도 아닌데, 왜 잡아오는 거냐고요?"

단 한 명도 도망가지 못하고 모조리 잡혀 온 것을 보자, 강림은 다시 울음이 터지고 말았다. 큰형은 잡혀온 아이들의 영혼을 왼손으로 이끌 면서 오른손으로는 강림이 더 이상 날뛰지 못하도록 꼭 잡고 있었다.

"우리는 이승의 삶을 끝낸 사람들을 저승으로 안내하는 차사야. 특 히 너는 어린 아이들의 영혼을 안내하기 위한 저승차사다. 아직 죽음이 뭔지 모르는 아이들이 겁을 먹지 않고 저승까지 무사히 가도록 네가 도 와줘야 하는 거야. 우리가 영혼을 도와 저승으로 무사히 보내지 않으면 영혼들은 다시 이승으로 환생할 수가 없어."

강림은 깜짝 놀랐다.

"환생한다고요? 다시 태어난다는 말이에요?"

"그래. 저 아이들은 환생할 수 있는 가능성이 큰 영혼들이야. 이미 환생했어야 할 영혼도 있어. 우리와는 다르게 네가 살아있을 때의 기억을 가지고 있는 것도 이유가 있어. 어린 영혼들이 무서워하지 않도록 도우라고 삼신할미가 너한테만 특별히 준 능력이야. 그래서 네가 특별한 거야. 알겠니?"

"그러면 아림이도 다시 환생하는 거예요? 내 동생 아림이도요?"

"그 아이는 환생할 영혼이지. 저승으로 가야만 환생할 수 있는데, 무서워하지 않도록 네가 잘 데려다 줄 수 있지?"

강림은 큰형이 더 이상 무섭지 않았다. 살아있을 때 아림이에게 좋은 오빠가 되려고 했던 것처럼, 큰형은 막내 강림을 계속 지켜주고 있었다는 것을 알게 되었다.

"네. 그럴게요. 아림이 뿐만 아니라 다른 아이들도 잘 데리고 올게요. 조금 무섭지만 그래도 무사히 데리고 올게요."

강림이는 수첩을 꼭 끌어안고 아림이가 기다리고 있는 이승으로 출발했다. 아림이가 다시 엄마와 아빠의 딸로 태어났으면 좋겠다는 생각을 하며 달려갔다.

※ 위 작품은 장편 중 일부를 발췌한 것임.

如來心 梁貞花
《아동문학평론》으로 등단
한국불교아동문학회 사무국장 역임.

윤 행자와 몽달 스님

오 해 균

옛날 고려 때 몽달이라는 스님이 있었습니다. 원래는 성담 이라는 좋은 이름을 스승께서 지어 주셨는데 하고 다니는 모습이 몽달귀신 같다하여 몽달 스님이라고 불렀답니다.

몽달 스님은 키가 크고 눈도 부리부리하게 한림원의 정소년처럼 잘생겼지만 늘 앞가슴을 풀어헤치고 다녔습니다. 머리도 깎지 않고 길러 산발을 한 모습은 분명 스님 모습이 아니었습니다. 그렇지만 먹물 옷을 입고 열심히 염불하며 돌아다니니, 남 말하기 좋아하는 입방아꾼들은 그 스님을 몽달 스님이라 불렀습니다.

외모를 보고 판단하며 놀리는 사람들에게 몽달 스님은 화 한번 내지 않고 늘 웃으면서 받아주고 오히려 그들에게 부처님 가르침을 가르쳐 주었습니다. 글자도 일러주어 나라에 재목이 되라고 했답니다.

그 중에는 스님의 됨됨이를 알아보고 큰스님이라 부르는 사람도 있었습니다.

몽달 스님에게는 큰 야망과 꿈이 있었고, 더불어 걱정이 있었습니다. 그것은 북쪽의 오랑캐와 남쪽의 왜구들이 수시로 아름다운 금수강산을

드나들며 여린 백성들을 괴롭히니, 어떻게 하면 백성들이 걱정 없이 살아 갈 수 있을까 하는 것이었답니다.

몽달 스님은 도를 통하여 하늘을 날고 구름을 불러 비를 내리고 바람을 불러 소용돌이를 만들어 적을 물리치겠다는 생각을 하였습니다. 몽달 스님은 큰 도를 이루기 위하여 금강산 수많은 봉우리 중에서도 제일 높은 비로봉 꼭대기에 토굴을 짓고 도를 닦기 시작했습니다.

비로봉은 비로자나 부처님이 앉아 계신 것처럼 생긴 모양이 넉넉하여 먼저 살다간 사람들이 비로봉이라고 이름을 지어준 봉우리입니다. 머무는 공간도 넉넉하여 새들도 쉬어가는 아름다운 곳이었지요.

그러나 물이 없는 비로봉이라서 스님은 새벽이슬을 받아먹고, 식량이 없어서 아래로 내려가 나무 열매를 따 먹었습니다. 오로지 나라를 구하겠다는 일념으로 깊은 선정에 들어 도를 닦다보니 어느덧 천안통이 열려 천리 밖의 일까지 볼 수 있게 되었습니다.

천안통이 열리고 보니 날짐승, 산짐승도 스님과 교감을 하여 매일 나무열매를 물어다 주었습니다.

푸른 동해에는 선량한 어부들이 풍어의 노래를 부르며 고기를 잡고, 넓은 들 금수강산 옥토에는 백성들이 풍년가를 부르며 농사를 짓는 모습을 스님은 늘 살펴보았습니다.

그러던 어느 날, 그날도 선정에 들어 우리나라 국토를 구석구석 둘러보던 때입니다. 함경도 지방을 돌아보는데 북쪽의 여진족 오랑캐 수십 명이 국경을 넘어 들어와 우리 백성들을 약탈하는 모습이 보였습니다. 우리나라 국경수비대 몇몇이 그들과 싸웠지만 역부족이었답니다.

스님은 초능력을 발휘하여 함경도 석왕사 절에 있는 스님에게 긴급하게 위급한 상황을 전했습니다.

석왕사에는 나라에서 벼슬을 하다가 인생의 일대사를 해결하겠다는 마음으로 머리를 깎고 행자생활을 하는 윤웅열이라는 행자가 있었습니다. 비록 행자이지만 그는 비범하여 부처님 가르침 한 대목을 알려주면 열 가지를 깨치는 아주 영리한 행자였습니다. 그는 바로 몽달 스님과 인연이 되어 그곳으로 출가를 한 행자였습니다.

소식을 들은 윤 행자는 석왕사의 주지에게 변방에 위급한 일이 생긴 것 같으니 빨리 승군을 조직하여 출정을 해야겠다는 이야길 했습니다. 석왕사의 주지 스님은 즉시 대중을 소집하고 대중공사를 하니 모두가 오랑캐를 무찌르자고 사기가 하늘을 찔렀답니다.

제법 큰 가람인 석왕사에는 함경도 변방의 절집으로 평소에도 거란과 여진의 침략에 대비하여 무예를 익히고 창, 검술을 배워서 일당백의 기세로 늘 준비가 되어 있는 스님들이 있었답니다.

노략질을 일삼는 여진족들을 물리치기 위하여 스님들은 하룻밤을 새워가면서 국경마을에 도착하였습니다. 마을은 쑥대밭이 되고 아녀자와 병졸들은 모두 포로로 잡혀갔습니다.

스님들은 야간에 습격을 하기로 하고 몇몇 남은 마을의 장정들과 대책을 세우고 선발대를 보내어 적의 동태를 살피도록 하였습니다.

선발대가 높은 산에 올라가서 아래를 보니 국경을 넘어 산 아래 오랑캐 여진의 막사에는 수십 동 둥근 천막집이 보이고 오랑캐 병사들이 포로들을 감시하며 핍박하는 모습이 눈에 들어왔습니다.

선발대로 나간 윤 행자는 즉시 마을로 돌아와 상세히 보고를 하고 밤이 되기를 기다렸습니다.

드디어 술시가 되어 오랑캐의 막사가 조용해 졌습니다. 낮에 보아둔

포로들을 묶어둔 막사를 보니 오랑캐 병사 셋이서 보초를 서는 모습이 보였습니다.

스님들은 보초의 뒤로 가서 재갈을 물리고 포박을 하였습니다. 포로를 구출하여 탈출시키고 횃불 수십 개를 준비하여 그들의 군량미와 숙소에 불을 질러 응징하였습니다.

그러나 수적으로 열세이다 보니 전투를 이기고도 가장 많이 공을 세운 윤 행자는 다쳐서 뒤처지다 그만 포로가 되고 말았습니다. 많은 피해를 입은 여진 오랑캐들은 분풀이로 윤 행자를 창으로 찌르고 칼로 살을 베면서 고문을 했습니다.

윤 행자가 고문을 당하는 그 순간 금강산 비로봉에서 수행을 하던 몽달 스님도 온몸이 많이 아파왔습니다. 마치 창과 검으로 찌르는 듯한 느낌으로 윤 행자가 큰 위험에 처해 있다는 것을 알았습니다.

이 무렵 비로봉에는 수많은 독수리들이 신장들처럼 몽달 스님의 주위를 맴돌며 스님을 보호하고 있었습니다. 스님은 우두머리 독수리의 마음속을 파고 들어가서 마치 좌표를 찍듯 빨리 북쪽으로 가서 윤 행자를 구하도록 지시를 하였습니다.

수많은 독수리들이 일제히 우두머리를 따라 북쪽으로 이동을 하기 시작하였습니다. 독수리들은 하늘을 날아가는 길에 모든 독수리들을 모아서 이동을 하니 대낮인데도 밤처럼 온 세상을 뒤덮을 정도로 그 수가 많았습니다.

그렇게 조화를 부리며 날아간 독수리들은 오랑캐의 군영에 도착, 우두머리의 지시에 따라 일제히 하늘에서 공격을 하기 시작했습니다.

하늘에서 쏜살처럼 내려와 쪼아대는 독수리를 오랑캐 병사들은 당할

재간이 없었습니다. 그 틈에 윤 행자도 무사히 탈출을 할 수가 있었습니다.

이후, 오랑캐의 우두머리는 자신들의 못된 노략질에 하늘도 분노를 하였으니 더는 고려의 사람들을 괴롭히지 않겠다는 각서를 사신을 보내 고려의 국왕에게 제출하였습니다.

왕은 어찌된 연유인지 알아보라고 정일품 문하시중에게 명령을 하였습니다. 문하시중 박두철 대감이 함흥차사에게서 알아보니 석왕사 승군이 오랑캐를 무찌르고 그 위에는 금강산의 몽달 스님이 도를 깨우치고 조화를 부려 변방 오랑캐를 물리쳤다고 보고하였습니다.

임금은 즉시 금강산 비로봉의 몽달 스님을 국사로 임명하고 조정으로 모셔오라 명령을 하였습니다. 그러나 몽달 스님은 국사의 자리를 극구 사양하였답니다.

이에 임금님은 얼마 전까지 자신의 신하로 있던 석왕사 윤 행자를 국사로 임명하여 모든 스님들의 표상이 되니 이후로 스님들의 애국심도 높아지고 국력도 더욱 탄탄하게 되었답니다.

影覺 吳海均
1955년 충북 청원에서 나서 불교문학과 불교음악에 전념하고 있다. 세광음반 대표로 작사·작곡 및 음반제작자로 수많은 기성가수를 배출했으며, 전국의 산사음악회는 거의 독점하고 있다. 대한민국환경대상, 용호연예대상, 대한민국찬불가요대상 등 많은 상을 받았고, 현재 가릉빈가소리봉사단 단장으로 일하며, 장편 불교소설을 쓰고 있다.

구렁이 목을 친 먹보

윤 사 월

수숫목 조목 구렁이 목도
다 각각 한 생명인데
그렇게 함부로 치는 게 아니야.

귀먹고 벙어리인 먹보는 남매를 둔 아버지로 청석골 청대밭 밑에 살고 있었습니다. 귀로는 알아듣지 못하고 입이 있어도 말을 못하는 답답한 세상살이. 그래서 일명 먹보라고 하는데 동네 사람들과 멀리하고 외딴 산집에 살고 있지만 그 아내 역시 귀먹은 벙어리였습니다.

　─웅얼웅얼, 웅얼웅얼.

　─옹왈왕왈, 옹왈옹왈.

이 소리는 먹보 부부끼리만 통하는 말소리였습니다. 하지만 자기 결점을 이해하고, 서로 협조하는 마음은 사랑으로 깊어 갔습니다. 먼저 딸을 낳고 연년생 아들을 낳으니, 다정다감한 천생연분이었습니다.

첫딸은 살림밑천이라더니 나날이 살림이 불어나고 한 가정의 부부생활은 참으로 행복했습니다. 그런데 먹보는 더 부자가 되고 싶어 아들과 딸을 초등학교만 마치고 대처로 내보내어 돈을 벌어오게 하였습니다.

양말 공장에 취직한 두 남매는 대도시 생활이 몸에 맞지 않아 적응을 못하고 피로에 지쳐 코피를 쏟았습니다. 그러다가 둘 다 폐병을 얻어 마침내 공장생활을 그만 두고 집으로 돌아오게 된 것입니다.

먹보는 자녀의 폐병을 고치기 위해 수소문 끝에 청대밭 돌담 속에 사는 황구렁이를 생포하기로 하고 엿보고 있었습니다. 그 낌새를 알아차린 구렁이 아빠는

"얘들아 재빨리 도망치거라!"

먹보는 가을 산 다랭이밭에 노랗게 익은 수수목과 조목을 잘 드는 낫으로 치다말고 오후 한 때 일광욕을 즐기던 구렁이 일가족을 보고 접근하였습니다. 새끼 구렁이 3마리를 거느린 아빠 구렁이는 재빠르게 현장을 피하라고 명령을 내린 것입니다. 장대 끝에 노끈으로 만든 올가미를 들고 돌담 가까이 접근하는 먹보.

"나 너그들 모두 잡아 우리 아들, 딸 말기 폐암을 낫도록 하리라… 알 겠느냐?"

구렁이 일가족을 가로막고 항거하던 구렁이 아빠는 그 목을 조이는 올가미에 걸려들고 만 것입니다.

"넌 이제 죽었다!"

"그래, 난 이제 죽는가보다?"

먹보는 팔뚝만한 구렁이 목을 더욱 세게 쥔 다음, 삼베자루에 넣어 미리 준비한 아랫방 가마솥에 벌건 장작불로 3일간 고았습니다.

"자, 이제 묵어라, 훌훌 마시거라!"

먹보는 둥둥 뜬 기름을 걷어내고 누런 국물을 아들, 딸에게 떠주었습니다.

아들, 딸은 아버지가 떠 준 국물을 눈 질끈 감고 살기 위해 마셨던 것

입니다.

청대밭 돌담 속으로 도망쳐 온 엄마구렁이와 아들 3형제. 그들은 동산에 떠오른 달님을 보고 잡혀간 아버지가 돌아올 것을 기다리며 한없이 울었습니다. 새끼들을 잠재우고 눈이 붓도록 밤새워 울던 암구렁이는 그 긴 몸을 둥그렇게 사리고 누웠다가 날이 밝아오자 먹보에게 달려 갔습니다.

"내 남편을 내 놓아라 이 먹통아!"

먹보가 자는 방문을 향해 울부짖었습니다.

"웅얼웅얼 – 어림도 없지 흥, 너 또한 내 새끼들 약으로 보답할거니? 웅얼웅얼."

먹보는 암구렁이마저 낚아채서 끓는 가마솥에 집어넣었습니다. 장작불은 벌겋게 아궁이 속에서 활활 타오르고 있었습니다.

"아뿔싸, 이를 어쩌나?"

부모 잃은 새끼 구렁이 3형제는 밤마다 떠오르는 청대밭 달님을 보고 무사히 돌아오기만 기도하였습니다. 그런데 이때부터 먹보 눈엔 온통 구렁이만 보였습니다. 노랗게 익은 수수목 조목이 황구렁이로 보인 것입니다.

한편 한사코 먹기를 꺼려했던 딸은 이내 죽고, 살기 위해 퍼마시던 아들은 병이 나아 다시 도시로 나가 공장생활을 시작했습니다.

요행이 직장 아가씨를 만나 서로 좋아해 결혼을 했습니다. 첫아들을 낳았는데, 그 아기를 업고 추석 고향 방문차 왔습니다. 먹보네 사랑채에 아기를 눕히고 수수밭 조밭에 일하는 먹보 내외를 도우러 갔습니다. 집으로 돌아와 방에 들어간 아기 엄마는 크게 놀래어 비명을 지르고 있었습니다.

그것은 홀로 잠들어 있던 아기의 목과 몸 전체가 핏자국에 파란 멍이 들어 가쁜 숨결을 몰아쉬고 있었던 것입니다. 구렁이 3형제가 틈을 노리다가 벽을 타고 올라 천정을 뚫고 들어가 잠자는 아기를 물어뜯고 피를 빨아 부모 원수를 갚자고 했던 것입니다.

급히 119구급차를 불러 가까운 읍내 병원으로 실려 갔지만 아기는 이내 숨을 거두고 만 것입니다. 죽은 아기를 본 애기 아빠는 망연자실 슬픔으로 비관 끝에 그날 밤 울담에 선 감나무에 목을 매었습니다. 아침에 일어나 밖으로 나가다가 죽은 아들을 본 먹보는 정신을 잃고 뒤로 나자빠졌습니다. 구급차에 실려 병원으로 달려가 죽음을 면하고 3일 만에 집에 돌아왔지만 정신은 온전치 못했습니다.

이에 먹보 아내는 용한 점쟁이를 찾아갔습니다. 도대체 이런 일도 있느냐고 묻자 집터가 몸을 사리고 누운 구렁이 형국이니 속히 떠나라는 말을 했습니다. 그 말을 듣고 먹보 내외는 먼 곳으로 이사하여 한동안 외롭게 지냈습니다. 그리고 먹보 아내는 나이 쉰 살에 늦둥이 즉 쉰둥이 아들을 낳았습니다. 그런데 얼굴은 사람 모양인데 하체는 꼬리달린 구렁이였습니다.

이 소문을 듣고 인근 동네 사람들이 구경을 하기 위해 몰려와 북새통을 꾸미고 있었습니다. 이때 구렁이를 낳은 먹보 아내는 혀를 널름거리며 구렁이 시늉을 내고 땅바닥에 기어가는 꼴사나운 짓을 보이고 있었습니다.

그런데 먹보 또한 혀를 빼물고 땅바닥을 기는 구렁이 흉내를 보이고 있었습니다.

"웅얼웅얼－웅얼웅얼"

"옹왈옹왈－옹왈옹왈"

"아, 저 구렁이 내외간 좀 보거래이"

구경꾼들은 신기하게 바라보며 시시닥거리더니 행여 자기네들도 구렁이 혼신이 옮겨 올까 싶어 모두들 퉤퉤퉤— 침을 뱉고 돌아서서 걸음아 날 살려라 달았습니다.

　　수숫목 조목 구렁이 목
　　그렇게 함부로 치는 게 아니야?
　　—상생중죄 금일참회—

이때 대원사에서 탁발 나온 노스님은 이 현장을 지켜보고 서서 합장 배례한 다음 '산목숨을 죽인 것은 옳지 않다'고 천수심경을 외웠습니다. 그 목탁소리가 빈 산골을 울리고 난 다음, 서쪽 산 해넘이 저녁 예불 대원사 범종소리가 장엄하게 가을 산골을 울려오고 있었습니다.

禪海　尹霽月
월간 아동문학과 한국시에 신인상 당선
한국불교아동문학상 수상(2013)
불교동화집 『천재와 바보』, 『백의관음보살』, 『반야심경을 물고 간 뱁새』
고창 선운사 너머 서해가 보이는 경수봉 아래 작은 암자를 짓고 독거 수행 중. 한국아동문학회, 한국문인협회, 한국불교아동문학회 회원

아직도 아카시나무는 서 있지

이 연 수

1

"빠앙…… 빵빵 빵……."

요란한 경적소리에 퍼뜩 깨어나 보니 벌써 온갖 종류의 자동차들이
꽁무니를 물고 늘어서 있었다. 늘 봐도 낯설기만 한 그 광경을 오늘도
나는 멍하니 바라볼 뿐이다.

정오를 넘겼을 무렵 이삿짐 실은 대형 트럭 한 대가 아파트 정문을
들어섰다. 잠깐이었지만 마음이 설레었던 건 사실이다. 하지만 역시나
이번에도 찾아든 것은 허탈한 마음이었다. 새로 이사 온 가족은 내가
전혀 모르는 낯선 얼굴들이었으니까.

'분명히 나 아카시나무를 잊었어!'

그러자 힘이 쑥 빠지는 것이 금방 온 뿌리 끝이 아려왔다. 슬픔이 몸
전체를 도는 것처럼 마디마디가 저렸다. 수수깡처럼 빈 마음에 그저 쓸
쓸한 바람이 일었다.

그 때 어디선가 까치 한 마리가 날아들었다. 빙빙, 내 주위를 서너 번
돌더니 저 하늘로 날아가 버렸다.

'아, 나 아카시나무도 저렇게 하늘을 날 수 있다면 얼마나 좋을까. 그들을 찾아다닐 수 있을 텐데……'

어느새 먼 하늘에 붉은 노을이 퍼지고 있었다.

2

올여름 나는 변함없이 꽃망울을 터트렸다. 마음 같아서는 단한송이도 꽃을 피우고 싶지 않았지만 어쩔 수가 없었다.

'그래! 나는 자연의 일부니까……'

오늘 또 새벽까지 잠을 설치다 깨어나 보니 이미 해는 높이 떠 있었다. 몸에 붙어 있는 수많은 이파리들은 햇살을 받아 반짝이고 있었지만 나는 부끄러웠다.

'사랑도 받지 못하는 한심한 것 같으니, 이렇게 살아서 무얼 해.'

스스로 느껴지는 비참함과 슬픔은 한데 뒤섞여서 억센 그물이 되었다. 그물은 틈새 하나 안 주고 나의 몸을 덮어버렸다. 나는 숨을 쉴 수 없었다. 분명히 푸른 하늘은 보이는데.

'어서 행복했던 시절을 기억해야 해!'

그러자 점차 환한 빛이 퍼지며 저 언덕 위에 우뚝 서 있는 내가 보였다.

'저 모습이야!'

힘차게 뻗은 나뭇가지 마다 싱싱한 잎사귀들이 찬란했다. 깊은 땅 속에 박혀 있는 뿌리 끝에서 나뭇가지의 작은 잎눈 하나하나에 까지 생기가 넘친다.

'정말 마음까지 푸르고 싱싱했었지!'

당당했던 그 옛날의 모습을 떠올리자 나는 겨우 숨을 내쉬며 현실로 돌아올 수 있었다.

어느 새 땅거미가 짙어지며 밤이 찾아왔다. 별 한개 보이지 않는 밤하늘을 올려보고 있자니 불현듯 나의 불행이 시작된 그날이 떠올랐다.

'아니, 기억하고 싶지 않아.'

진저리를 쳤지만 벌써 괴물 같은 포크레인들이 땅을 울리며 내게 달려들었다.

몇 년 전, 재개발이라는 이름으로 소박한 사람들이 오순도순 모여 살고 있었던 산동네가 삽시간에 사라졌다. 너무나 허망했다. 나 혼자 허허벌판에 오뚝하게 남겨졌다는 사실을 믿을 수가 없었다.

밤마다 울었다. 낮에는 땅을 뚫어대는 끔찍한 쇠 소리에 몸서리를 쳤다. 하지만 잔뿌리들이 잘려지는 고통을 참으면서도 나는 희망을 가질 수 있었다.

'조금만 참고 기다리면 돼. 우리는 옛날처럼 다시 모여서 행복하게 살 수 있을 테니까!'

3

드디어 아파트단지가 들어섰다. 까마득하게 높은 고층 아파트 앞에 상가 건물이 줄줄이 지어졌다. 주변은 도시계획으로 큰길이 만들어졌다. 사람들이 새 아파트에 입주를 하기 시작했다. 가족과 함께 혹은 새 가정을 꾸리기 위해 모여들었다.

나도 뿔뿔이 흩어진 친구들이 어서 다시 모이기를 기다렸다. 그런데, 그들은 오지 않았다.

'날 잊었을 리가 없어. 이 언덕배기! 아니, 여기에서 내가 기다리고 있는 것을 모르는 걸까?'

언덕배기. 비탈진 골목길 끄트머리에서 돌계단 몇 개를 밟고 올라서면 넓은 언덕이 펼쳐진다. 산동네 아이들은 학교에서 돌아오면 이곳으로 모여서 해가 질 때까지 뛰어놀았다.

아이들의 웃음소리는 가파르고 좁은 골목길을 울렸었다. 언덕배기는 놀이터였고 거기에 서 있는 나는 아이들에게 가장 친한 친구였다.

"빵-빵 빠~앙!"

갑자기 울리는 경적소리에 퍼뜩 정신을 차렸다. 젊은 여자가 운전대에 앉아서 무서운 눈초리로 나를 노려보고 있었다.

"이런 쓸모없는 나무는 당장 베어버려야 하는데! 도대체 아파트 관리를 어떻게 하는 거야. 이래서야 아파트 가격이 올라가겠어?"

젊은 여자는 불평을 늘어놓으며 당장 관리소장 나오라고 큰소리를 쳤다. 그러다 다른 승용차가 뒤에 바짝 따라붙자 정문 안으로 들어가 한쪽에 주차를 하였다. 차에서 내린 여자는 잰걸음으로 관리소를 향해 갔다.

그 광경을 바라보고 있자니 정말 주눅이 들어 이 큰 몸을 어디다 감춰야 할 지 알 수 없었다. 하긴 재개발로 아파트가 지어질 때 이미 나는 없어질 운명이었다.

"이 아카시나무는 잘라버려야 합니다. 바로 이 자리가 아파트 정문이 되거든요. 아파트 입구에 이렇게 큰 나무가 서 있으면 거치적거리고 보기에도 좋지 않습니다. 나중에 분명히 아파트 가격에도 영향을 미칠 거란 말입니다."

"우린 아파트 가격 같은 건 상관없소!"

건설회사에서 나온 현장소장의 말에 산동네 사람들은 물러서지 않았다.

"아카시 나무를 베다니? 절대로 안 돼. 이 아카시는 우리 동네 지킴이요. 그냥 나무가 아니란 말이오."

비탈진 계단 옆, 파란대문 집에 살던 박씨 아저씨는 얼굴이 벌게져 목청을 높였다. 그리고는 밤을 새워 구청장에게 보내는 탄원서를 썼다. 이렇게 해서 나는 죽을 고비를 겨우 넘기고 살아날 수 있었던 것이다.

'내 친구 박씨가 아니었으면……!'

그러다 울컥 마음이 노여워졌다.

'친구는 무슨 친구! 친구라면 나를 보러 벌써 돌아왔어야 하잖아.'

투덜거리며, 밀려오는 그리움을 나는 애써 모른 척하였다. 어느 새 또 밤이 왔다.

<h1 style="text-align:center">4</h1>

반갑게도 손님이 찾아들었다. 얼마 전 내 곁을 돌다 날아갔던 까치였다.

"아카시나무님, 좀 쉬었다 가도 되죠?"

"물론이지, 어서 오렴!"

"지난번에도 느꼈지만 꽃향기가 정말 좋아요!"

"그게 무슨 소용이겠니. 아파트에 사는 사람들이 나를 싫어하는데……."

까치는 날개를 펼치며 말했다.

"사람들은 너무 바빠 당신의 향기를 누리지 못하는 거예요. 기다리다 보면 좋은 일이 있을 거예요."

사실 그 말은 위로가 되었다. 아직도 내 마음 저 깊숙이 실낱같은 희망을 간직하고 있었기 때문이다.

그날 밤, 꿈을 꾸었다. 행복한 나무였던 시절이다. 나뭇가지들은 하나같이 휘어지게 하얀 꽃송이를 피웠고 분명 꿈인데 낮에 봤던 까치가 나의 품에 앉아있었다. 아이들의 노랫소리도 들린다.

'얘들아, 얼마나 보고 싶었다고……'

난 꿈인 줄 알면서도 반가워서 소리를 쳤다. 개구쟁이들이 달려왔다. 이마와 콧잔등에 송골송골 땀방울을 달고 나의 밑동에 매달렸다. 이미 서너 명의 아이들은 낮게 뻗은 곁가지에 참새처럼 걸터앉아 있었다.

새까만 맨발을 흔들며 작은 입을 오물거려 꽃잎을 먹고 있는 것이다. 그런데 저기 한 소녀가 혼자 서 있다. 늘 수줍어 말이 없던 아이.

'아, 수연이구나.'

순간 어디선가 두런거리는 말소리가 들렸다. 나는 퍼뜩 꿈에서 깨어났다. 어느새 아침이었다. 내 앞을 서성거리는 관리소직원들이 보였다.

"진짜 오래 된 나무인데 말이야."

아파트 소장이 나를 훑어보며 중얼거렸다.

"아파트 주민들이 민원을 많이 넣고 있어요. 어유, 귀찮아 죽겠습니다."

관리소 직원이 잔뜩 인상을 쓰며 여러 소리를 해 댔다. 그의 한 손에는 무지막지한 전기톱이 들려있었다. 시퍼런 날이 빛을 받아 번들거렸다. 소장은 할 수 없다는 듯 고개를 끄덕였다.

"구청에 보고해서 베어버리든지 어서 결단을 내려야겠어."

"소장님, 이번 기회에 아주 없애 버려야합니다. 그래야 다시는 여러

소리들을 하지 않을 겁니다."

"자네 말이 맞아. 정말 이 나무는 골치 덩어리야!"

직원은 나에게 이쪽저쪽으로 전기톱 들이대는 시늉을 해가며 으름장을 놓듯 소리쳤다.

"그냥 오늘이라도 확 잘라버릴까요?"

"안 돼! 우리 마음대로 할 수는 없어."

그들은 계속 머리를 맞대고 수군거리며 나를 없애버릴 궁리를 하였다.

'그렇군! 이것이 나의 운명이었어……'

나는 떠나가 오지 않는 옛 친구들을 수없이 원망하고 또 원망하였다. 이제 스스로 말라버릴 것이라 맹세하며 마음의 문에 굳게 빗장을 채워버렸다.

5

시간이 얼마나 흘렀는지 모른다. 나에게는 그저 베어질 날만이 남아 있을 뿐이다.

'내가 세상에서 없어지는 그 순간을, 내 몸이 조각조각 부서지는 그 날을 어떤 누가 기억이나 해줄까!'

그런데 그 때 아주 먼 곳에서 메아리 같은 소리가 들려왔다.

"허허 동네가 이렇게 발전을 했네 그려. 참 좋아졌어!"

'이 목소리는?'

순식간에 굳었던 심장이 쾅쾅 펄떡이며 온 나뭇가지가 생명을 얻은 것처럼 꿈틀거렸다. 폭풍우처럼 그리움이 몰아쳤다. 나는 번쩍, 두 눈을 떴다. 아! 이것이 꿈인가 생시인가…….

환한 빛 속에 박씨 아저씨가 서 있는 것이었다.

"잘 있었는가, 친구?"

그가 성큼 다가와 나를 부둥켜안았다. 그 순간 진짜 내 몸에 뻗어 있는 나뭇가지들이 몽땅 하늘로 솟구치는 줄만 알았다. 끓듯 복받치는 마음을 주체할 수가 없었다. 하지만 기쁨도 잠시, 난 점점 화가 났다.

'친구라고? 이제 와서 친구라고? 차라리 끝까지 오지 말지 그랬나?'

혼자 고개를 끄덕이는 박씨 아저씨의 눈가에 언뜻 이슬이 맺혀 있었다.

"아카시나무는 옛 모습 그대로구나!"

박씨 아저씨는 나를 두 눈에 담아가려는 것처럼 보고 또 보며 나의 몸을 어루만졌다. 난 그 손길을 떨쳐버리고 싶었다. 그 때 저만치 수연이와 수연이엄마가 함께 걸어오고 있는 게 아닌가.

난 이 놀라운 상황을 이해할 수 없었다.

'수연아!'

그 모습 그대로였다.

어릴 때 수연이는 말이 없는데다가 공기도 고무줄놀이도 잘 하지 못했었다. 소심하고 수줍어서 늘 외톨이였다. 그러다 산동네가 재개발이 된다는 말로 술렁거릴 즈음 가장 먼저 이사를 갔었다. 그래도 난 수연이네 소식을 가끔 듣고 있었다.

수연이엄마가 함빡 웃으며 박씨 아저씨에게 인사를 건넸다.

"잘 지내셨어요?"

"나야 늘 똑같지. 그동안 잘 지냈는가?"

"그럼요! 생각해 보니 이곳을 떠난 지 벌써 십년이 다 되어가네요."

박씨 아저씨가 한차례 이마에 맺힌 땀을 닦으며 수연이를 바라보았다.

　"어릴 때 모습이 그대로구나."

　"하하하…… 아저씨도 옛날 모습 그대로세요!"

　그들은 소리 내 웃으며 밀린 얘기를 나누었다. 지난 일을 얘기하고 서로의 안부를 전해주었다. 수연이엄마가 생각났다는 듯 말을 이었다.

　"골목길 입구에서 세탁소 하던 성태네도 끝내 아파트에 입주를 못했다는군요. 아파트를 팔아서 저 변두리 어디에다 상가를 샀대요."

　"아주 잘 했구먼. 나는 아파트 판 돈 이래저래 다 쓰고, 작년에 막내녀석 장가보내고 나니 손에 남은 게 없네."

　"그러면 됐지요. 정말 큰일 하셨어요."

　"막내까지 짝을 지어 주니 마음은 편해요."

　두 사람은 지나 간 이야기로 꽃을 피웠다. 그러다 문득 수연이엄마가 새삼 놀랍다는 듯 고개를 돌려 주위를 보았다.

　"몰라보게 변했어요."

　"변하다 뿐인가요. 아주 확 바뀌었지. 이렇게 개발이 되었는데 원래 토박이들은 얼마 들어와 살지도 못하고 죄다들 뿔뿔이 흩어졌으니……."

　박씨 아저씨가 안타깝다는 듯 말을 잇지 못했다.

　"정말 열심히 살아도 왜 이렇게 사는 게 힘든지 모르겠어요."

　수연이엄마의 넋두리에 박씨 아저씨는 고개만을 끄덕였다. 나는 나의 친구들이 돌아올 수 없었던 사실을 이제야 알게 된 것이다.

　"그래도 이 아카시나무가 남아 있어서 다행이에요."

　수연이엄마는 나를 바라보며 옛 추억에 빠졌다.

"지금도 그 시절을 생각하면 참 행복해요. 세끼 밥 먹으면 걱정이 없었어요. 낮이고 밤이고 이 아카시나무 밑에 모여 앉아 음식을 나눠 먹고 밤새도록 이야기를 나눴었죠."

"푸하하하하…… 그랬지요."

박씨 아저씨가 너털웃음을 지었다. 과거 속 기억만으로도 그 얼굴에 행복한 미소가 퍼졌다. 그러다 문득 물었다.

"오늘 누구누구가 온답니까?"

"다들 온대요. 어렵게 연락이 닿았어요. 제각각 흩어져 살고 있어서 한꺼번에 모이는 것이 쉬운 일은 아닌데도 아주 반가워하더군요."

"와야지요, 당연히 와야지요. 우리가 다 고향 친구들 아닙니까!"

수연이엄마가 조심스럽게 박씨 아저씨의 안색을 살피며 말했다.

"치료 열심히 받으세요."

박씨 아저씨는 얼른 손을 저었다.

"난 괜찮아요. 이만하면 오래 살았어. 자식들이 걱정이지. 지금도 집사람은 손자까지 봐 주느라 꼼짝을 못해요. 사는 날까지 자식들을 돌봐 줘야지 어쩝니까."

"그럼요, 맞는 말씀이세요."

수연이엄마가 다정히 박씨 아저씨의 두 손을 모아 잡고 손등을 토닥였다. 나는 그들의 이야기를 들으며 내 친구 박씨가 무서운 병에 시달려 왔으며 이제 오래 살지 못한다는 것을 알았다.

그가 두 눈에 가득 눈물을 담고 고개를 올려 나를 봤다. 나는 아픈 마음에 정신을 차릴 수 없었다. 가슴이 미어져 왔다.

수연이엄마가 말했다.

"사는 게 고단해도 우리가 오늘 이렇게 아카시나무 아래서 만날 수 있다는 게 어디예요."

그때 수연이가 나를 올려다보며 가슴 깊이 꽃향기를 들이마셨다. 그리고 마치 지절거리는 새처럼 목소리를 높였다.

"아, 좋다. 내 고향 냄새!"

'수연아, 내가 너의 고향이었니?'

그때서야 확실히 깨달았다. 나는 더없이 귀한 존재였고 저들의 가슴 속에 항상 기억되고 있었다는 것을.

'몸이 베어진다 해도 이제 정말 괜찮아!'

나는 힘껏 나뭇가지를 흔들어 잎사귀 몇 장을 떨어트렸다. 이것이 행복한 나의 웃음소리다.

滿月心 李燕秀
동화구연가. (사)색동회 정회원. 2007년 아동문학평론 동화부문 신인문학상 . 동국대학교교육대학원 유아교육학전공 석사졸업.
국립서울맹학교 · 국립서울농학교 동화구연강사 지냄.
저학년 장편동화『난 비겁하지 않아』펴냄(2014년 가을).
현 금천구호암노인종합복지관 시니어동화구연반 강사. (사)한국문인협회 영등포지부 사무국장.

개구리의 복수

이 영 호

양지 바른 호수가의 언덕에 따뜻한 햇살이 포근포근 내려앉기 시작했습니다. 화려한 망토를 입은 봄의 요정이 아직도 얼음이 채 녹지 않은 호수 위로 날아올라 춤을 추기 시작했습니다.

"반가워요, 봄의 요정님! 어느 새 우리들이 사람들에게 봄소식을 전할 때가 되었군요."

양지 바른 언덕의 개나리들이 봄의 요정이 망토자락을 날리는 모습을 보며 인사했습니다.

"안녕! 개나리님들, 이제 예쁜 모습을 뽐낼 때가 됐답니다."

봄의 요정은 신이 나서 언덕 위를 오르내리며 신명나게 망토 자락을 펄럭였습니다.

그렇게 며칠이 흘렀습니다. 개나리가 샛노란 꽃봉오리를 열기 시작할 무렵이었습니다. 그런데 이게 웬 일입니까! 봄을 축복하던 호숫가로 북쪽으로 쫓겨 갔던 사나운 북풍이 몰려오며 기온이 영하의 날씨로 곤두박질을 치기 시작했습니다. 기상 이변이었습니다.

"아이 추워! 살려줘요, 봄의 요정님!"

샛노란 꽃봉오리를 열었던 개나리들이 새파랗게 질린 얼굴로 비명을 지르며 울음을 터뜨렸습니다. 그러나 봄의 요정은 사나운 북풍의 기세를 꺾을 힘이 없었습니다.

"이게 무슨 일이람! 기상 이변이야! 도로 겨울이 왔구먼."

사람들은 벗었던 두터운 점퍼를 다시 입으며 투덜거렸습니다.

"해님, 오오 해님! 내가 너무 일찍 깨었었나요? 이 일을 어쩌면 좋아요?"

봄의 요정도 해님을 원망하며 도로 망토를 접고 덜덜 떨며 잔디 숲 속으로 몸을 숨겨야만 했습니다. 서둘러 몸을 숨기려던 봄의 요정은 그만 작은 땅굴 속으로 굴러 떨어졌습니다.

"누구요? 누가 허락도 없이 내 집으로 불쑥 들어오는 거요?"

마악 잠에서 깨어나 있던 개구리가 놀라서 소리쳤습니다. 그곳은 개구리가 겨울잠을 자고 있던 작은 동굴이었어요.

"개구리님이군요. 미안해요, 나 봄의 요정이에요. 아이 추워!"

봄의 요정이 몸을 웅크리며 사과했습니다.

"벌써 봄이 왔나보군요. 어서 와요, 봄의 요정님! 내가 늦게 깨어났나 보지요?"

"아, 아니에요! 내가 너무 일찍 서두르는 바람에 난리가 났어요. 서둘러 꽃을 피우려던 개나리님이 추위에 떨고 있어요. 그걸 보고 나도 정신없이 잔디 숲으로 몸을 숨기려다가 그만 개구리님 집으로 굴러 떨어진 거예요. 아이 추워! 이 일을 어쩌지요!"

봄의 요정은 갑자기 다시 찾아온 동장군의 무서운 기세에 벌벌 떨고 있는 바깥 사정을 이야기했답니다.

"진정하세요, 요정님! 그게 요정님의 잘못은 아니잖아요. 고약한 동장군의 행패지만 내가 겨울잠에서 깬 걸 보면 분명히 봄이 온 거예요."

개구리는 봄의 요정을 위로하고는 밖으로 나가기 위한 준비 운동을 시작했습니다. 폴짝폴짝 뛰면서 벽과 천정에 힘껏 몸을 부딪쳤습니다. 엇둘엇둘…… 속으로 구령을 붙이며 곧 바깥세상으로 나가기 위한 준비 운동을 했습니다.

"거 누구요?"

그 때 벽 저쪽 편에서 잠이 덜 깬 듯한 굵은 목소리가 들려왔습니다. 개구리는 갑자기 몸을 납작 움츠렸습니다.

'이크 죽었구나! 틀림없이 그 놈이야. 그 무서운 이무기 영감 목소리야.'

개구리는 잠시 어둠 속에 납작 엎드려서 부들부들 떨었습니다.

"그 쪽에 있는 이가 대체 누구요? 남의 잠을 깨워놓고 왜 대답이 없어!"

이무기가 역시 잠이 덜 깬 목소리로 투덜거렸습니다.

개구리는 몸을 움츠린 채 소리 없이 자리에 도로 웅크리고 앉았습니다. 몸이 덜덜 떨립니다.

'이 일을 어쩌면 좋지! 잘못하다간 바깥세상 구경도 못해 보고 저 무서운 영감의 밥이 되고 말게 생겼는걸. 겨우내 저놈이 내 바로 옆에 땅굴을 파고 잠을 자고 있었다니!'

개구리는 그 생각만 해도 기가 막힙니다. 이무기가 겨울잠에서 깨어나기 전에 밖으로 나가 멀리 도망치고 싶지만 그랬다간 개나리처럼 얼어 죽게 될 게 뻔합니다.

"이웃 분도 잠을 깬 모양인데 왜 대답을 하지 않아요?"

아무것도 모르는 봄의 요정이 말했습니다.

"쉿! 조용히 해요, 요정님! 저놈은 그 무서운 이곳 호수의 이무기 영감이에요. 지난 여름 우리 형제들을 닥치는 대로 잡아먹은 무서운 영감이랍니다."

개구리는 서둘러 봄의 요정의 입을 틀어막으며 가만가만 말했습니다.

아주 오랜 옛날부터 선돌배미 호수는 개구리들의 낙원이었습니다. 많은 개구리 무리가 노래하고 헤엄치며 즐겁게 살았습니다.

호숫가에는 철 따라 꽃이 피고, 물 위로 가지를 늘어뜨린 수양버들 숲으로 날아든 새들의 노래 소리가 그칠 날이 없었습니다. 얕은 호수 속에는 수련이 아름답게 피고, 물풀들 사이로 송사리와 피라미가 헤엄치는 평화로운 곳이었습니다.

그런 평화롭고 행복한 선돌배미 호수가 한 순간에 지옥으로 변한 것은 저 이무기 때문이었습니다. 어디서 왔는지 느닷없이 나타난 이무기의 출현으로 개구리들의 낙원은 지옥으로 변하고 말았습니다.

어느 비 오는 날입니다. 개구리네 식구는 모두 풀숲에 모여 빗소리를 즐기며 눈을 감고 있었습니다. 그러다가 빗소리에 섞여 들리는 풀숲을 스쳐오는 이상한 소리에 모두 눈을 번쩍 떴습니다.

"얘들아, 이무기다! 이무기! 빨리 빨리 호수 속으로 도망쳐라! 아이쿠 이 일을 어째! 얘야, 빨리 빨리!"

엄마 개구리의 고함 소리에 개구리들은 후닥닥 호수 속으로 뛰어 들었습니다. 그렇지만 엄마 개구리와 다리를 다쳐서 누워 있던 막내 동생은 영영 다시 만날 수가 없었습니다.

다리를 다친 막내를 등에 업고 뛰던 엄마가 막내를 업은 채 이무기의 커다란 입 속으로 들어간 것을 나중에야 거북이 영감님한테 들어서 알았습니다.

그로부터 늪가의 개구리 무리는 누가, 언제 이무기의 밥이 될지 모르는 불안한 나날을 보내야 했습니다. 선돌배미 아름다운 호수는 그로부터 개구리들의 지옥으로 변해버린 것입니다. 개구리 식구들은 하루하루 그 수가 줄어들었습니다.

봄이 되어 밖으로 나가면 또 다시 그런 불안한 날이 계속될 것입니다. 그것보다도 지금 당장 어떤 일이 벌어질지도 모를 위기입니다.

개구리는 웅크리고 앉아 이 위기를 어떻게 넘겨야 할지 머리를 쥐어짜며 궁리했습니다. 영 신통한 생각이 떠올라 주지 않았습니다. 눈을 감았다 떴다 머리를 굴립니다.

그 때, 봄의 요정 말이 생각났습니다. 일찍 피었다 얼어 죽게 되었다는 개나리 이야기가 떠오르자 신통한 생각이 번쩍 떠올랐습니다. 개구리는 옳다구나 했습니다.

"봄의 요정님, 내가 잠시 요정님의 목소리를 흉내 내 저놈을 먼저 밖으로 내보내겠습니다. 그렇게 하지 않으면 나랑 요정님도 무사하지 못할 테니 가만히 지켜보고 계세요."

말을 끝낸 개구리는 다시 몸을 일으켜 벽에다 쿵쿵 세차게 몸을 들이받았습니다.

"거 잠도 못 자게 시끄럽게 구는 게 대체 누구요?"

선잠을 깬 듯한 이무기의 목소리가 다시 들려왔습니다. 그러자 움직임을 멈춘 개구리는 가늘고 앳된 봄의 요정 목소리로 말했습니다.

"저예요 저, 봄의 요정이에요!"

"응, 봄의 요정. 아, 그럼 벌써 따뜻한 봄이 왔단 말이오?"

이무기가 놀란 듯 묻습니다.

"그럼요, 이무기님! 벌써 잠이 깨어 밖으로 나온 개구리들이 선돌배미에서 봄의 축제를 벌이고 있는 걸요. 여기서 잠을 잔 개구리님도 나를 보고는 조금 전 쿵쿵거리며 밖으로 봄맞이를 나갔답니다. 그런데 아직도 잠을 자고 있으시다니! 겨울바람이 도망치면서 심술을 피우는 통에 아직도 조금 춥기는 하지만, 개나리까지 활짝 피었는데 아직도 자고 있다니요!"

"쯧쯧…… 이런 일이라니! 나이를 먹으면 이렇게 게을러진다니까! 개구리들이 벌써 선돌배미에서 축제를 벌이고 있다구요? 배가 출출한데 잘 됐군. 알려줘서 고맙구려!"

갑자기 '쿵쿵' 요란스런 소리가 울리기 시작했습니다. 이무기가 얼마나 서두르고 있는지 머리로 언 흙을 밀어 올리는 소리만 들어도 알 수 있습니다.

'동장군님! 제발 저 늙은이가 밖으로 나가거든 비늘마다 매서운 찬바람을 불어 넣어 주십시오. 비늘마다 얼음을 채워 주세요. 우리 개구리 형제들의 원수를 갚고, 호수의 평화가 올 수 있게 해 주세요. 이렇게 간절히 비옵니다!'

개구리는 앞발을 합장하듯이 붙이고 고개를 주억거리며 열심히 기도했습니다.

"개구리님, 내 목소리가 또 죄를 지었네요. 그러고 보니 이 세상에 진정한 낙원은 아무데도 없나 봐요."

그런 개구리를 보고 봄의 요정이 울음이라도 터뜨릴 듯한 목소리로 말했습니다.

"아니에요, 봄의 요정님! 요정님 덕분에 우리 호수에는 다시 평화로운 낙원이 될 거예요. 저 이무기 때문에 우리 호수가 지난 해 내내 지옥이었거든요."

개구리는 봄의 요정에게 감사했습니다.

마음이 바쁜 이무기는 머리로 언 땅을 들이 받으며 밖으로 나왔습니다. 언 땅에 부딪힌 머리에서 피가 났습니다.

"늙어서 기운이 빠졌나? 왜 이리 힘들어."

이무기는 힘차게 비늘을 움직여 선돌배미를 향해 달려 나갑니다. 그때 매섭도록 시린 겨울바람이 '씽' 하고 불어왔습니다. 살을 에는 듯한 매서운 겨울바람이 비늘 속으로 스며듭니다.

'어이 추워! 내가 늙어서 추위를 타는 탓인가? 이러다가는 꽁꽁 얼어 죽겠는 걸.'

이무기는 몸을 떨면서도 봄의 요정이 한 말을 믿었습니다.

"어라? 벌써 뱀이 나왔구먼! 너무 서둘다가 얼어버린 개나리처럼 저러다 얼어 죽지."

웅크리고 호수를 지나던 사람이 꿈틀거리며 선돌배미 쪽으로 가고 있는 이무기를 발견하고 혀를 차며 말했습니다.

德巖 李榮浩
1966년 경향신문 신춘문예 동화 당선과 67년 현대문학 소설 추천으로 문단에 나옴. 세종아동문학상, 대한민국문학상, 한국문학상, 방정환 문학상 등 수상. 한국아동문학가협회 회장, 어린이문화진흥회 회장, 한국문인협회 아동분과 회장, 상임이사 및 국제펜클럽 고문 등을 지냄. 동화집 『배냇소 누렁이』 등 30여 권, 『거인과 추장』 등 장편 소년 소설 20여 권 냄.

오 해

먼 옛날 우리나라 바닷가 마을에 외계인이 찾아왔어요. 그는 소무루 별나라 사람 바루예요. 우주선이 떠돌이별에 부딪혀 엔진 하나가 떨어져나가 바루는 우주를 헤매다녔어요. 그러다 다행히 소무르 별과 비슷한 지구를 만났어요.

"어쩌면 저리도 아름다울까. 틀림없이 머리가 뛰어난 생명체가 살고 있을 거야. 그들과 힘을 합쳐 우주선을 수리해 돌아가자."

바루는 비상엔진을 켜 지구로 향했어요. 바다 한가운데에 바위섬이 있어 바루는 그곳에 내려앉았어요.

섬에는 바루의 손바닥만 한 갈매기들이 살고 있었어요. 우주선의 컴퓨터는 갈매기의 말을 소무루 사람들의 말로 바꾸어 알려주었어요. 바루의 말도 갈매기들에게 전해주었지요. 바루는 앞이마가 툭 튀어나온 큰부리라는 이름의 갈매기와 아주 친해졌어요.

"나는 돌아가야 해. 가족들이 손꼽아 기다리고 있을 거야. 하지만 혼자 힘으로는 우주선을 고칠 수 없으니 어떻게 하지?"

바루가 슬픈 눈으로 하늘을 올려다보았어요. 그러자 큰 부리가 말했어요.

"저 바다 건너에 사람들이 모여 살고 있어. 사람들은 무엇이든 만들 수 있어. 우주선 고치는 일을 도와줄 수 있을 거야."

바루는 귀가 솔깃했어요. 당장 만나 봐야 해요.

다음 날 아침, 바루는 우주선에서 붕이를 꺼냈어요. 붕이는 하늘에서도 바다에서도 달릴 수 있는 만능 자동차예요.

바다를 건너니 사람들이 모여 사는 마을이 나타났어요. 마을 한 복판에 빈터가 있어요. 바루는 거기 내려앉기로 했어요.

빈터는 좁았어요. 조심스레 내려앉았지만 붕이의 날개에 부딪혀 집 몇 채가 폭삭 주저앉았어요. 게다가 붕이의 꼬리에서 튀어나온 불꽃이 이엉에 옮겨 붙으면서 주변이 온통 불바다가 되고 말았어요. 어서 불을 꺼야 해요. 그렇지 않으면 불은 온 마을로 번져 갈 거예요.

바루는 버드나무를 뿌리째 뽑아 불꽃을 내리쳤어요. 그러나 불은 꺼지지 않고 집만 무너질 뿐이에요. 도저히 불을 끌 수 없어요. 바루는 불이 번져 가는 쪽에 있는 집들을 무너뜨렸어요. 사람들의 집은 가볍게 밀기만 해도 폭삭폭삭 주저앉았어요.

주변을 둘러보니 바루가 무너뜨린 집터에 사람들 대여섯 명이 모여 있는 거예요. 집을 부수지 않아도 돼요. 사람들의 도움을 받으면 불은 금방 끌 수 있으니까요. 기계가 외친다.

"여보세요, 저하고 힘을 합쳐 불을 꺼요."

바루의 목소리를 듣자 사람들은 빠른 걸음으로 멀어져 갔어요. 바루는 답답했어요. 어서 사람들을 섬으로 데려가야 해요. 우주선에 있는 컴퓨터는 바루의 말을 사람들의 말로 바꾸어 줄 테지요. 그러면 사람들은 바루가 그들을 해치려는 것이 아니라는 걸 금방 알게 될 거예요.

어디선가 희미한 신음소리가 들렸어요. 사람들이 옹기종기 모여 있었던 곳이에요. 한 소년이 굵은 서까래 밑에 깔려 있어요. 소년은 숨을 쉬고 있어요. 충격으로 정신을 잃은 모양이에요. 바루는 소년을 끌어냈어요.

소년의 몸은 아주 따뜻하고 부드러웠어요. 샘으로 안고 가 얼굴에 찬물을 끼얹자 소년이 힘겹게 눈을 떴어요. 바루는 소년의 두 눈을 들여다보았어요. 움찔하던 소년이 바루를 보았어요. 무슨 말을 하려는 듯 입술을 꿈틀거리던 소년은 아무 말도 못하고 다시 정신을 잃고 말았어요.

둘러보니 사람들이 산등성이에 모여 있어요. 바루는 성큼성큼 다가갔어요. 사람들은 모두 동굴 속으로 몸을 숨겼어요. 입구가 너무 좁아요. 바루는 바루의 더듬이를 밀어 넣었어요. 사람의 몸이 더듬이 끝에 닿자 바루는 힘을 주어 그 사람을 붙잡았어요. 그리고는 두 손을 동굴 속에 밀어 넣었어요. 더듬이에 붙잡힌 사람은 마구 몸부림쳤어요. 사람의 몸이 더듬이에서 막 빠져나가려는 순간 손끝에 사람의 몸이 닿았어요. 바루는 두 손을 꽉 움켜쥐었어요. 그리고 얼른 두 손을 동굴 밖으로 꺼냈어요.

아, 그런데 이게 웬일인가요. 바루는 가슴이 철렁 내려앉았어요. 사람은 이미 죽어 있었어요. 몸통이 으깨진 사과처럼 부서져 있었어요.

바루는 낙담하여 붕이로 되돌아왔어요. 하늘에서 내려다보니 마을은 아주 엉망이에요. 게다가 바루의 손에 한 사람이 죽었으니 마을 사람들과 친구가 되는 일은 영영 틀려버렸지요.

바루는 혼자 힘으로 우주선을 고치기로 마음먹었어요. 비상엔진을 우주선 뒤꽁무니로 옮겨 달고 내부 회로를 바꾸는 일이에요.

땀을 뻘뻘 흘리며 우주선을 고치고 있는데 큰 부리가 다급하게 외쳤어요.

"사람이 오고 있어. 배를 타고 바다를 건너오고 있어."

바루는 망원경으로 배를 살폈어요. 알록달록한 깃발 속에 붉은 저고리와 흰 치마를 입은 소녀가 앉아 있어요.

"왜 사람이 오는 걸까?"

바루는 고개를 갸웃거렸어요.

"사람들이 나쁜 일을 꾸미고 있어. 어서 숨어."

큰 부리가 호들갑을 떨었지만 바루는 귀를 기울이지 않았어요.

'숨으면 안 돼. 저 소녀에게 사과하고 용서를 빌어야 해.'

바루는 다가오는 돛단배를 기쁜 마음으로 지켜보았어요.

그때 바루의 머릿속에 한 소년의 모습이 떠올랐어요. 바루가 마을에 갔을 때 서까래 밑에 깔려 있었던 바로 그 소년이에요. 소년은 안타까운 표정으로 무언가를 이야기하고 있었어요. 바루는 눈을 감고 정신을 집중했어요. 그러자 소년의 말을 알아들을 수 있었어요. 텔레파시가 이루어진 것이에요.

'당신을 해치려 해요. 당신이 검은 숲에서 내려온 무서운 요괴래요. 어서 숨어요.'

바루는 고개를 끄덕였어요. 마을에 불을 내고 한 사람을 죽게 했으니 그렇게 생각하는 것은 아주 당연한 일이지요.

소년의 말이 다급하게 이어졌어요.

'마을 사람들은 달이라는 아름다운 소녀를 제물로 바쳐야 당신이 물러날 거라고 믿고 있어요.'

바루는 고개를 갸웃거렸어요.

'그래서 예쁜 소녀가 오는 거로구나. 그런데 연약한 소녀가 어떻게 나를 해칠 수 있지?'

소년이 발을 동동 굴렀어요.

'배를 타고 바다를 건너는 사람은 달이와 결혼하기로 약속한 금이라는 힘세고 용감한 총각이에요. 달이를 숨겨놓고 여자처럼 꾸민 거예요.'

바루는 고개를 끄덕였어요.

소년의 말은 계속되었어요.

'당신이 우리 마을을 찾아왔던 날 저는 분명히 알았어요. 괴롭히려는 게 아니라는 걸 말이에요. 당신은 서까래에 깔린 저를 구해주셨죠? 샘에서 정신을 차렸을 때 제 눈을 걱정스레 들여다보던 따뜻한 눈빛을 잊을 수가 없어요.'

'애야, 참 고맙구나.'

바루의 말에 소년은 조금 마음이 놓이는 모양이에요.

'금이 총각은 착한 사람이에요. 해치지 말아주세요. 제발 부탁이에요.'

바루가 대답하려는 순간 큰 부리가 날개를 퍼덕이며 큰 소리를 냈어요. 그 바람에 소년의 모습이 순식간에 사라지고 말았어요.

돛단배가 섬에 닿은 거예요. 큰 부리는 어서 숨으라고 야단이에요. 바루는 금이 총각을 만나기로 결심했어요.

금이 총각은 바루에게 성큼성큼 걸어와 한쪽 무릎을 꿇고 앉았어요. 아무 무기도 갖고 있지 않았어요. 바루는 마음이 놓였어요. 바루를 맨손으로 해치지는 못할 테니까요. 무기를 숨기고 있다고 해도 사람들의 무기는 바루의 두꺼운 껍질을 뚫지 못할 거예요.

바루는 금이 총각이 다치지 않게 조심해야겠다고 생각했어요. 손으로 가볍게 쥐기만 해도 금이 총각의 몸은 마른 흙덩이처럼 부서질 테니까요.

바루는 금이 총각을 정중하게 맞았어요. 몸을 바닥에 바싹 붙이고 두 손을 앞으로 쭉 뻗으며 머리를 숙이는 인사를 했어요. 소무루 별나라 사람들의 예의바른 인사법이에요. 금이 총각이 몸을 일으키더니 바루의 두 손바닥 사이로 걸어 들어왔어요. 바루는 따뜻한 눈빛으로 금이 총각을 내려다보며 또 다시 머리를 숙였어요.

그때 금이 총각이 두 팔을 부채처럼 활짝 펼쳤어요. 양손에 날카로운 칼이 한 자루씩 들려 있어요. 깜짝 놀란 바루가 고개를 쳐들려는 순간 금이 총각의 칼이 바루의 왼쪽 눈을 힘껏 찔렀어요. 바루는 비명을 지르며 뒤로 물러섰어요. 금이 총각은 오른쪽 눈마저 칼로 찔렀어요.

바루는 눈이 타는 아픔에 날카롭게 비명을 질렀어요.

얼른 우주선으로 돌아가야해요. 우주선에서 빨리 상처를 치료하지 않으면 눈이 멀지도 몰라요. 그러나 우주선이 있는 방향을 알 수가 없어요.

갑자기 발밑이 푸욱 꺼졌어요. 바루는 풍덩 바다에 빠졌어요. 바닷가로 나가려 했지만 보이지 않아 어디가 땅인지 바다인지 알 수 없어요. 텀벙거릴수록 바루의 몸은 깊은 바다로 밀려들어갈 뿐이에요.

온몸이 나른해지며 졸음이 몰려 왔어요. 바루는 물에 잠긴 몸을 쭉 펴며 편하게 드러누웠어요. 칼에 찔린 눈이 아프지도 답답하지도 않아요.

멀리서 가족들이 손을 흔들며 달려오고 있어요. 어느새 우주공항에 도착한 모양이에요. 바루는 가족들 이름을 부르며 두 팔을 활짝 벌렸어요. 바다 밑으로 깊이 가라앉는 바루의 얼굴에 환한 미소가 피어올랐어요.

弘範　全裕善
1992년 경향신문 신춘문예 동화부분 등단
2015년 장편동화 『불새』 발간.

까만별 인형의 나라

정 명 숙

인형의 나라에 가보셨나요?

밤하늘 한가운데에 유난히 까만별이 보이나요? 그게 바로 인형의 나라에요.

온통 깜깜한 데 어떻게 까만별을 찾냐구요? 그러니까 여러분은 인형의 나라에 못 가는 거예요. 누구든지 그 별을 찾게 되는 순간 눈 깜짝할 새 인형의 나라로 순간이동을 한답니다. 그런 사람이 어디 있냐구요? 바로 여기 있잖아요.

어느 무더운 여름밤,

예삐는 할머니와 함께 '동물원 별밤 축제'에 놀러갔답니다. 까만 밤하늘에 무수히 박혀있는 하얀 별들이 어쩜 그리도 예쁘던지…… 예삐는 하얀 별들을 넋 놓고 바라보다가 그만 까만별과 눈이 마주쳐 인형의 나라로 빨려 들어가게 되었답니다. 할머니는 귀한 손녀를 잃어버렸다며 미친 듯이 찾아 헤매고, 동물원에서는 '곰인형을 안은 여자아이를 찾습니다.'는 안내방송이 수없이 흘러나왔답니다. 예삐가 인형의 나라에 간 줄도 모르고.

까만별 인형의 나라는 초록별 인간의 나라와 무조건 반대로 되어있다고 생각하면 된답니다. 인형은 사람처럼 움직이고 사람은 인형처럼 움직이지 못하니까요.

그래서 나라의 주인도 인형이구 나라를 다스리는 왕도 인형이랍니다. 인형이 말을 하고, 인형이 학교도 다닌다니까요. 반대로 인간들은 하루종일 꼼짝도 못하고 집에서 주인을 기다려야 하는 처지랍니다.

까만별 인형의 나라 국어사전에는 인형과 인간의 뜻이 이렇게 적혀 있답니다.

인형 : 언어를 가지고 사고할 줄 알고 사회를 이루며 사는
　　　까만별 고등 동물
인간 : 인형의 형태를 본떠서 만든 어린이 장난감

'어, 이상하네. 분명히 우리 집이 맞는데⋯⋯.'

예삐는 침대 위에 앉아 주위를 휘휘 둘러보았어요. 초록별 지구에 있는 예삐네 집과 똑같았지만 뭔가 모르게 많이 달라진 듯한 느낌이 들었어요.

'이걸 어째, 내 다리가 움직이지 않아. 몸을 움직일 수 없네. 어떻게 된 거지?'

예삐는 일어서려고 애를 썼지만 꼼짝할 수가 없었어요.

그때였어요. 곰 인형이 예삐를 향해 어슬렁어슬렁 걸어왔어요.

예삐는 눈이 휘둥그레졌어요. 침대 위에서 얌전히 앉아 있어야할 곰 돌이가 성큼성큼 걸어 다니는 게 신기해서지요.

"곰돌아, 어떻게 된 거야?"

"뭐가?"

"네가 지금 걷고 있잖아. 어떻게 인형이 움직일 수 있지?"

"뜬금없이 무슨 말을 하는 거야? 원래 인형은 맘대로 걸어다닐 수 있는 거야. 너는 내 장난감이고……."

곰돌이가 예삐에게 꿀밤을 꽁 먹였어요.

예삐는 도대체 뭐가 뭔지 도통 알 수가 없었어요. 집도 그대로이고, 침대도 그대로이고, 주변은 달라진 게 하나도 없는데 곰인형이 사람처럼 말을 하고 걸어 다니니까요.

"곰돌아, 나 좀 일으켜 세워줄래. 학교에 가야 되거든."

"하하하, 네 머리가 어떻게 된 거 아니니?"

"나 오늘 동물에 대해 조사한 것을 발표해야 한단 말야."

"데리고 가고 싶어두 넌 덩치가 너무 커서 안 돼!"

"말도 안 돼. 내가 덩치가 크다고?"

"당연하지. 나는 몸무게가 2kg인데 넌 20kg이나 되잖아. 그런 내가 10배나 무거운 너를 어떻게 학교에 데리고 가겠니? 소사 소사 맙소사!"

"도대체 무슨 소리를 하는지 하나도 못 알아듣겠어. 혼자 학교에 가든지 말든지 맘대로 해!"

예삐가 소리를 빽 지르자 곰돌이는 귀를 틀어막았어요. 도망치듯 부리나케 학교로 가버린 곰돌이를 따라가려고 애를 써봤지만 엉덩이가 떨어지지 않았어요. 손가락 하나 움직일 수 없었어요. 그제서야 예삐는 이곳이 자기가 살던 나라가 아닌 인형의 나라라는 게 실감이 되었어요.

곰돌이가 학교에 가고나자 예삐는 무척 심심했어요.

집에 사는 인형들과 이야기를 나누고 싶었지만 그들은 본체만체했어요.

아빠가 사 온 유니세프 토끼 인형, 삼촌이 500원짜리 동전을 넣고 뽑아온 사자 인형, 엄마가 새해 첫날에 복 들어오라고 사온 꿀돼지 인형, 이모가 올림픽이 열리던 해에 사온 호돌이 인형, 친구들과 파충류체험관에 갔다가 사온 악어 인형……

모두 예삐가 초록별 인간의 나라에 살 때 방구석에 처박아두고 모른 체했던 인형들이었어요.

유니세프 토끼 인형인 토순이는 가난한 아이들에게 줄 거라며 하루 종일 음식을 만들었어요. 왼손에는 세계 지도가 그려진 지구본을 들고 요리를 했어요. 그래야 세계적인 음식이 된다나요. 세계의 아이들이 최고 좋아한다는 뽀글이 빵을 굽는다든지, 뽀글이 스파게티를 만든다든지 뽀글뽀글거리는 음식만 만들었어요.

악어 인형인 악악이는 하루 종일 엎드려서 텔레비전만 보았어요. 그럴 때 조금이라도 말을 걸면 불같이 화를 내며 악악거렸어요. 지나친 관심이 싫다나요? 밖에도 안 나가고 왼종일 '악어사냥'이라는 프로만 봐서 배가 납작해졌어요.

사자 인형인 바람돌이는 늘 도끼 빗을 가지고 다니며 틈날 때마다 갈기를 빗었어요. 바람에 흩날리는 갈기를 보면 세상의 모든 인형들이 반할거라나요 뭐라나요? 그래서 선풍기 앞을 떠나질 않는답니다. 추운 겨울에도 덜덜덜 떨면서 선풍기 바람을 쐬고 있을 정도라니까요. 왕자병이 단단히 들었다니까요.

돼지 인형인 돼랑이는 동전을 좋아했어요. 제일 싫어하는 곳은 은행이에요. 그 곳은 배주머니에 모아놓은 동전을 빼앗아가는 못된 곳이라나요 뭐라나요? 돼랑이는 무거운 배를 안고 뒤뚱거리면서도 손님만 오면 동전을 달라고 따라다녀요. 동전에 대한 욕심은 끝이 없답니다. 날쌘 호돌이에게 늘 동전을 빼앗기긴 하지만요.

호랑이 인형인 호돌이는 어찌나 몸이 날랜지 심부름은 도맡아 하는 녀석이에요. '상모를 돌리면서 심부름하기 올림픽'에서 금메달을 딸 정도니까요. 호돌이는 그것을 자랑하려고 금메달을 꼭 목에 걸고 다녀요. 늘 상모를 돌리면서 다니기 때문에 가게 주인은 재밌다며 물건을 공짜로 주기도 하고 덤으로 얹어주기도 한답니다. 그래서 심부름은 호돌이 차지랍니다.

"호돌아, 가서 솜 한 봉지만 사와. 양념으로 가루비누도 사오고. 맛있는 뽀글이 케익을 만들 작정이거든. 얼른!"

토순이가 심부름을 시키자 호돌이가 한 손을 내밀었어요.

"돈을 줘야지?"

"돼랑이한테 달라고 해. 배주머니에 동전이 가득 들어 있잖아."

"쳇, 꼭 나한테만 어려운 일을 시키더라."

호돌이는 투덜거리며 돼랑이한테 갔어요.

"왜 나만 보고 돈을 달래?"

"우리 집에서 네가 돈이 제일 많잖아. 너 배주머니가 꽉 차면 은행에 가서 배를 콱!"

"아악, 제발 그 얘기는 하지 마! 은행의 '은'자도 꺼내지 마!"

돼랑이는 귀를 틀어막았어요. 동전이 꽉 들어차면 은행에 가야 하고 배를 수술하고 꿰매야 하거든요. 은행에 붙들려가는 것보다는 호돌이에게 주는 게 더 낫다는 생각이 들었어요.

"자, 받아. 하지만 오늘 뿐이야."

돼랑이는 언제나 오늘 뿐이라고 하면서 동전을 주었어요. 어제도 그제도 그랬거든요. 욕심꾸러기 같이 생긴 겉모습과는 달리 참 마음이 착한 녀석이에요.

호돌이는 '시장에 다녀올게'라면서 금방 문을 나섰는데 10초도 안 되어 물건을 사 들고 왔어요. 네 발 달린 자동차보다 더 빨라요. 심부름하기 대회에서 금메달을 딸 만하지요?

토순이의 초대를 받고 옆집에 새로 이사 온 기린 인형이 놀러 왔어요.

"크크크, 무슨 기린이 저렇게 쪼그매? 완전 난장이잖아."

예삐가 입을 틀어막고 키킥대자 기린 인형이 버럭 화를 내었어요.

"뭐 난쟁이? 하여튼 인간은 무례하기 짝이 없는 말만 골라서 한다니까."

"아, 미안! 진짜 기린은 5m가 넘는데 넌 너무 작아서 저절로 웃음이 나왔어."

"뭐 기린이 그렇게 크다구? 넌 어쩜 그렇게 거짓말을 잘하니?"

"거짓말 아냐? 진짜 기린은 목도 엄청 길어서 쥐가 미끄럼을 타고 놀 정도라니까."

"뭐, 쥐가 미끄럼을 탄다구? 그런 소리 하면 큰일 나. 쥐는 우리나라의 임금님이야 임금님! '자·축·인·묘·진·사·오·미·신·유·술·해'도 모르니? 쥐가 제일 크기 때문에 쥐를 뜻하는 '자'가 제일 첫 번째 등장하는 거라구."

기린 인형은 자기 나라의 멋진 왕에 대해 함부로 말하지 말라며 화를 내었어요.

"아이구 배야, 쬐끄만 쥐가 왕이래. 아이구 배야!"

예삐가 배를 움켜잡고 웃자 기린 인형이 가슴을 퍽퍽 처대었어요.

"어휴, 답답해. 도대체가 말이 통해야지 말이!"

"신경 쓰지 마. 무식한 인간이 뭘 알겠어? 그냥 무시해버려."

토순이가 옆에서 눈을 찡긋했어요. 그제야 기린 인형은 화를 풀고 귀이개만한 숟가락을 들어 뽀글이 케이크를 먹었어요.

"아, 맛있다. 다음에도 네가 요리한 음식을 먹을 수 있을까?"

"그럼 얼마든지. 다음에 오면 뽀글이 피자를 해줄게."

토순이는 기린 인형의 칭찬에 기분이 좋아져 연실 뽀글이 케이크를 접시에 담아 날랐어요.

인형들은 자기네들끼리 놀았어요. 예삐는 무식하다며 거들떠보지도 않고 뽀글이 음식을 먹으며 좋아라했어요.

악어는 텔레비전을 보면서 엎드려서 먹고, 사자는 선풍기 앞에서 갈기를 휘날리며 먹었어요. 선풍기 바람에 뽀글이 케이크 방울은 신나게 집안을 둥둥 떠다녔어요.

예삐는 그제서야 가족 생각이 났어요.

'분명히 여기는 우리 집인데 할머니는 어디 간 걸까? 나는 이렇게 인형 신세가 되어있고, 내가 거들떠보지도 않던 동물 인형들이 왜 인간처럼 활개를 치고 돌아다니는 거야? 도대체 어떻게 된 건지 모르겠어. 아아, 왜 이렇게 머리가 아프지? 얼른 곰돌이가 돌아와야 할 텐데……'

예삐는 그래도 자기와 대화를 나눠주는 곰돌이가 빨리 학교에서 돌아오기를 목이 빠지게 기다렸어요.

곰돌이가 까만 책가방을 메고 돌아왔어요.

학교에서 기분 나쁜 일이 있었는지 예삐를 보자마자 책가방을 내동 댕이쳤어요.

"아이 짜증나. 선생님은 나만 미워해."

"왜 그래, 학교에서 무슨 일 있었어?"

"숙제 안했다고 혼났어. 나와 똑같이 생긴 동물을 조사해 오라는 숙 젠데 그걸 내가 어떻게 아냔 말야? 당장 내일까지 안 해오면 퇴학이래 퇴학! 고까짓 숙제 안 해갔다고 퇴학이라니 너무하지 않니?"

숙제라면 무조건 하기 싫어하는 곰돌이가 투덜거렸어요.

"그것은 내가 잘 알아."

"뭐? 나랑 닮은 동물을 잘 안다구?"

"그럼 알지. 곰은 동물원에 살아."

"동물원이 어디 있는데?"

"우리 집 바로 옆에 있어. 초록동물원이라구."

"어, 거긴 곤란한데. 초록별 지구에 맘대로 갔다가 들키면 까만 감옥 에 영원히 갇히게 되거든. 그래도 할 수 없지. 퇴학을 안 당하려 몰래 갔 다 오는 수밖에."

"이야, 정말 초록동물원에 가는 거야? 와, 신난다!"

"그렇다구 맘대로 갈 수는 없어. 초록별 지구에서 누군가가 우리가 사는 까만 별을 보고 있어야 해. 기다려보자."

곰돌이와 예삐는 서로 손을 꼭 잡고 깜깜한 밤하늘에 유난히 반짝이 는 초록별을 뚫어져라 쳐다보았어요.

"찌리릿 찌리릿~ 반짝 반짝!"

둘이는 눈 깜짝할 순간 초록별로 뱅그르르 뱅그르르 빨려 들어갔 어요.

"어흥~"

순식간에 초록동물원에 도착했어요. 커다란 호랑이가 예삐와 곰돌이를 뚫어져라 바라보며 으르렁대었어요.

"인형의 나라에서 봤던 초록별과 똑같은 빛인걸. 그 반짝였던 것이 호랑이 눈이었나 봐?"

"맞아. 호랑이 같은 야행성 동물은 눈에서 빛을 낸다고 선생님한테 배웠어."

예삐가 아는 체를 하였어요.

"우리 집에 있는 호돌이랑 닮았네. 근데 이곳의 호랑이는 정말 무시무시하다."

"당연하지. 호랑이는 동물의 왕이니까."

"근데 날 닮은 동물은 어딨어?"

"저 쪽 곰 우리에 있어."

"어디? 잘 안 보이는데?"

"저기야. 곰 우리라고 쓰인 글자 보이지? 어서 가보자."

"어, 근데 발이 움직이지 않아."

곰인형은 그 자리에서 꼼짝하지 않았어요.

"아차차, 여기는 초록별 지구지. 그러니까 다시 너는 인형으로 되돌아온 거야. 어휴, 내가 안고 가야겠다."

예삐는 곰인형을 안고 곰 우리 쪽으로 가까이 다가갔어요.

"어어, 점점 나한테 가까이 오는데."

"너 완전 겁쟁이구나? 안심해. 우리 안에 있으니까 밖에 나오지 못할 거야. 자 빨리 숙제장에 적어. 곰은 포유류구 몸집이 대빵 크구 헤엄도 잘 친다구."

"손도 움직이지 않아."

곰돌이는 또 다시 울상이 되었어요.

"알았어, 내가 대신 적어줄게."

예삐는 곰돌이 대신 숙제를 했어요.

"곰은 뭘 먹어?"

"어, 거기 안내판에 써 있잖아. 열매나 벌꿀을 좋아한다구. 자 잘 봐. 곰이 먹이 먹는 모습을 보여줄 테니까."

예삐는 맛있는 열매가 달린 나뭇가지를 꺾어 곰에게 흔들었어요. 곰은 열매를 먹으려고 더욱 더 가까이 왔어요.

"얘야, 위험해!"

구경하던 사람들이 소리를 지르자 놀란 곰이 우리를 훌쩍 뛰어넘었어요. 먹이를 주려던 예삐는 깜짝 놀라 쓰러지고 곰돌이는 순식간에 곰에게 채여 갔어요.

"어미곰이 탈출했다! 아이가 위험하다!"

사람들이 이리 뛰고 저리 뛰고 난리가 났어요.

사육사가 뛰어와서 커다란 곰 옆에 쓰러져있는 예삐를 꼭 끌어안았어요. 이 소식을 들은 할머니도 달려왔어요.

"아이고, 우리 예삐는 괜찮은가요?"

그러자 사육사가 말했어요.

"걱정 마세요. 할머니. 손녀는 이렇게 멀쩡하답니다. 어미곰은 오직 곰인형에게만 관심이 있어요. 곰인형이 며칠 전에 낳았던 자기 새끼인 줄 알아요. 죽은 줄도 모르고."

"아이고, 딱해라."

할머니는 걱정을 하며 예삐가 어디 다친 데가 없는지 살펴보았어요.

"널 잃어버린 줄 알고 이 할미가 얼마나 놀랬는 줄 알아?"

"나 인형의 나라에 갔었어. 곰돌이 숙제 도와주러 다시 왔는데."

"자꾸 헛소리를 하는걸 보니 네가 무척 놀랜 모양이구나. 집으로 가자."

"곰돌이는 어떡하구?"

"어미곰은 곰돌이가 자기 새끼인 줄 안대. 그래서 데려갈 수 없어."

"내 인형인데?"

"사람이든 동물이든 가족을 잃어버리면 무척 슬픈 거야. 어미곰에게 지금 필요한 건 곰돌이야. 너도 교통사고로 엄마아빠를 잃어서 그 마음을 이해할 수 있을 거야. 어미곰의 마음이 그 때 너의 마음과 똑같을 거야."

예삐는 할머니의 손에 끌려가며 뒤를 돌아보았어요. 곰돌이와 눈이 마주쳤어요.

"곰돌아, 까만별 나라에 다시 돌아갈 때 숙제장 가져가는 거 잊지 마. 선생님한테 혼나지 말구. 내가 인형의 나라에 놀러갈 때까지 잘 지내."

어미곰의 품에 꼬옥 안긴 곰돌이는 알았다는 듯 새까만 두 눈을 깜빡였어요.

"찌리릿 찌리릿~ 반짝 반짝!"

慈行心 鄭明淑
《아동문예》동화와 《문학미디어》동시 당선
한국불교아동문학상 수상
동화집 『누가 우리 쌤 좀 말려줘요』, 시집 『그래도 난 나쁜 놈이 좋다』 등

아동극본

곽영석

금보다도 귀한 선물

곽 영 석

나오는 새들과 짐승들

황새(회갑을 맞은 숲 마을의 어른), **비둘기①-②**, **두루미①-③**, **여우**,
쇠똥구리(숲 속의 청소부), **멧돼지**, **시궁쥐**, **며느리** (황새의 며느리)

때 : 여름 오후
곳 : 늪지가 있는 언덕의 느티나무

무대 이 연극의 무대는 저수지 근처의 늙은 느티나무 언덕이다. 후면
열려있는 공간에는 산마을과 이어지는 계곡과 소나무 숲이 보
인다.

막이 열리면, 느티나무 마을의 황새 회갑 날이다. 중앙 탁자 위에는 회
갑선물꾸러미가 높이 쌓여있다. 이 탁자를 사이에 하고 좌우로
잔칫상이 놓여있다. 무대 밖에서 풍물패의 공연이 계속되는 가
운데 두루미들과 산비둘기들이 들어온다.

황   새 (모두에게)자, 많이들 드시게

모　　두 (인사하며)예. 어르신. 축하드립니다. 오래오래 사세요.

황　　새 고마워!

두루미③ 어르신, 회갑을 축하드립니다.

황　　새 어서들 오시게. 고마워.

비둘기② 어르신, 오래오래 사십시오.

황　　새 아이들은 잘 자라고 있지?

비둘기② 예. 큰 아이는 벌써 날개 짓을 배우고 있습니다.

황　　새 (짐짓 놀라며)뭐야? 벌써 그렇게 자랐어? 그 뱀에게 물린 막
　　　　내는 건강하고?

비둘기① 이제 다리의 상처가 다 아물었습니다.

황　　새 그래그래 다행이로구먼.

비둘기① 어르신이 뱀을 잡아 주셨으니 망정이지 아이들을 다 잃을 번
　　　　하였습니다.

비둘기② 예. 정말 고맙습니다. 어르신.

황　　새 그래, 새들이 하늘을 날며 먼 곳을 본다고 자랑을 하지만, 바
　　　　로 한 자도 안 되는 자기 집 주위를 살피지 못한다네. 아이들
　　　　잘 기르게.

비둘기들 예.

두루미② 어르신, 이제 숲속에서 나뭇가지를 타고 오르는 뱀들은 저희
　　　　두루미들이 모두 잡겠습니다.

두루미① 예. 저희 두루미 형제들이 있는 한 산새들은 모두 안전할 것
　　　　입니다.

황　　새 그래. 서로 도와가며 살아야지.

두루미들 예.

비둘기① 이제 청설모만 조심하면 되겠네요?

모　두 청설모?

황　새 청설모라니? 그 녀석이 행패라도 부렸단 말인가?

비둘기① 예. 성미가 보통이 아닌가 봐요. 신갈나무 숲에서 다람쥐 사냥을 하다가 이사를 왔다는데 행패가 심해요.

비둘기② 꿩들은 벚꽃이 지자말자 아기들을 데리고 이사를 갔어요.

황　새 허허. 그러면 안 되지. 내가 사는 이 숲 마을에서 청설모가 무서워 이사를 가서는 안 되지.

며 느 리 (황새에게)아버님, 새로 오신 손님들 음식은 왕벚나무 가지 위에 준비해 놓았습니다.

황　새 잘 했다. (비둘기들에게)자네들도 시장할 텐데 음식을 먹어야지.

두루미① (선물을 내밀며)어르신, 이거 우리 두루미들의 선물입니다. 논두렁 밑 늪지에서 키운 살찐 미꾸라지입니다.

두루미② 작은 선물이라 죄송합니다.

두루미③ 실뱀도 두 마리 따로 챙겼습니다.

황　새 그냥와도 될 걸 뭐 이런 귀한 선물을 가져 왔나. 고맙네.(며느리에게 건넨다.)

비둘기② 저희 비둘기들은 숲에서 자라는 방아깨비와 풀무치를 구워 왔습니다. (준다)

황　새 허허허, 산비둘기들 덕분에 내가 10년은 더 살겠구먼. 고마워. 자 어서 왕벚나무가지에 가서 앉게.

비둘기들 예.(왼쪽의 나무 등걸에 앉는다. 이때 멧돼지와 시궁쥐가 바구니를 들고 들어온다.)

멧 돼 지 황새어른! 저 왔습니다.

황   새 오 멧돼지 삼촌이로군. 어서 오게. 늦었구먼?

멧 돼 지 맛난 돼지감자를 캐 오느라고요. 좋은 선물을 준비하려고 했지만, 산중에서는 그래도 이 돼지감자만큼 귀한 먹을거리가 없어서요.

황   새 에이 그냥 오면 어때서, 고맙네. 이 귀한 선물은 두었다가 손님들 오시면 접대용으로 써야 되겠군.

시 궁 쥐 어르신, 저 시궁쥐입니다.

황   새 오, 그래. 아이들 키우느라 힘들 텐데 잊지 않고 왔구먼?

시 궁 쥐 (웃으며)애 엄마가 지난주에 아기 쥐를 여섯이나 낳았지 뭡니까?

황   새 아. 그랬어. 허허 축하하네. 어느 집이나 자손이 많아야 사는 재미가 있지.

시 궁 쥐 감사합니다. (선물바구니를 내밀며)어르신 시궁창에서 잡은 지렁이를 좀 가지고 왔습니다.

황   새 (짐짓 놀라고는 태연하게)지, 지렁이라고? 그 귀한 것을 아이들에게 주지 않고?

시 궁 쥐 그래도 어르신 회갑인데, 한 달 전부터 저희 부부가 먹지 않고 모은 귀한 식량이랍니다.

비둘기들 히히, 지렁이가 귀한 식량이래.

두루미① 지렁이가 뭐야? 생일 선물에?

두루미③ 그래. 좀 너무했다.

모   두 너무했어.(소곤거린다.)

비둘기② 쉿!

황　　새 (중앙의 탁자에 선물을 올려놓는다. 돌아보며 만족한 듯)허
　　　 허 푸짐하구나. 이 숲속 나라 식구들이 여러 날 나눠먹을 수
　　　 가 있겠어. 고마운 일이야. 선물을 주는 이들은 주어서 기쁘
　　　 고, 받는 이는 정성어린 마음을 받으니 좋고,

＊ 이때, 여우와 쇠똥구리가 들어온다. 쇠똥구리는 자기 키만큼이나 큰
　 쇠똥을 굴리며 들어와 수건으로 땀을 훔친다. 여우는 깔끔한 차림으
　 로 작은 보자기에 썩은 고기를 말아서 들고 온다.

여　　우 (모두에게 인사하며)여러분, 안녕하세요. 밤나무골에 살고 있
　　　 는 멋쟁이 여우 인사 드려요.
비둘기들 여우님, 어서 와요.
두루미들 늦었네요.
멧 돼 지 (가리키며)이리 와. 여우야, 여기 자리가 남아.
여　　우 예. (황새에게)어르신, 좀 늦었습니다.
황　　새 여우로구나. 너 요즘 다이어트 하니? 살이 많이 빠졌구나?
여　　우 아뇨. 생신을 축하드립니다. 천년동안 오래오래 사세요.
황　　새 그래. 고마워. (문득, 쇠똥구리를 보고)이게 누구야? 숲속의
　　　 청소부 쇠똥구리가 아닌가?
쇠똥구리 (히죽히죽 웃으며)황새 영감님!
황　　새 그래. 안 오면 어때서? 바쁠 텐데 (잔칫상을 받은 짐승들은 코
　　　 를 막고 고개를 흔든다.)
쇠똥구리 생신을 축하드립니다.
황　　새 세월이 지나다보니 이렇게 나이만 먹었네.

쇠똥구리 그래도 황새어른은 이 숲에서 제일 지혜로운 어른이세요.

황　　새 허 이 친구 아첨할 줄도 아네 그려? 자, 이리 오게. 차린 것은 없지만 많이 드시게.

쇠똥구리 예. 어르신. (주저하며)저 선물을 가지고 왔는데요.

황　　새 선물?

쇠똥구리 (가리키며)저기 저…….

황　　새 저게 뭔가?

쇠똥구리 (겸연쩍게 웃으며)소똥입니다.

황　　새 소똥? 뭐, 소똥? 소가 응아한 거 말인가?

쇠똥구리 예.

모　　두 소똥?

비둘기들 소똥이라고?

멧 돼 지 뭐야? 소똥을 선물이라고 가지고 왔다고? (벌떡 일어나 큰소리로)야, 이 쇠똥구리야. 넌 황새영감님 회갑선물로 정말 소똥을 가지고 왔단 말이야?

쇠똥구리 저, (당황하며) 저는 이 소똥이?

멧 돼 지 저 녀석 정신없는 녀석 아니야? 어떻게 생일선물로 소똥을 가지고 올 수가 있어?

쇠똥구리 우리는 저 소똥으로 아이들을 기르고 아침저녁 음식을 만들어 먹는데…….

두루미들 음식을 만들어 먹어?(갑자기 구역질을 하며)우엑!

황　　새 (소똥을 탁자 옆에 굴려 놓으며)여러분! 자, 여러분, 제 말을 들어보세요.

모　　두 (쇠똥구리를 손가락질하며 소근댄다.)

쇠똥구리 (울먹이며)어르신, 제가 잘못 하였나요? 그런 겁니까?

황   새 아니야. 잠간 기다리게. (모두에게)여러분, 쇠똥구리는 오늘 나에게 아주 귀한 선물을 가져다주었습니다. 마음속에 기다리고 있던 선물입니다.

비둘기① 소똥이랍니다. 황새영감님.

황   새 알고 있어요. 난 오래전부터 이 숲의 연못에 소똥을 넣어 미꾸라지 양어장을 만들 생각이었다.

모   두 양어장요?

황   새 그래. 두루미나 청둥오리들이 겨울철에 날아와 이 숲에 쉬면서 고기를 잡을 수 있도록 쉼터를 만들 작정이었어.

두루미① 와, 우리도 개천까지 날아가서 고기잡이를 하지 않아도 되었네.

두루미들 그래그래.

황   새 여기 있는 쇠똥구리는 오늘 여러분이 선물한 그 어떤 선물보다 아주 값진 선물을 내게 주었습니다. 더럽고 지저분한 것이라도 곤충이나 짐승들에게 소중한 자원이 될 수 있다는 걸 여기 참석한 여러분들께서는 이 기회에 잘 알아 두기 바랍니다.

멧 돼 지 황새 어른, 저는 그것도 모르고 쇠똥구리에게 너무 심한 말을 하였습니다.

황   새 그래. 알았으면 어서 사과부터 해야지.

멧 돼 지 쇠똥구리야. 미안 해.

황   새 쇠똥구리야, 너는 우리 숲 마을의 청소부이자 없어서는 안 될 일꾼이야.

멧 돼 지 그래. 미안해 용서 받아주는 거지?

쇠똥구리 정말?

모　　두 (박수를 하며)미안 해.

여　　우 (탁자위에 보자기뭉치를 놓으며)전 썩은 사슴고기를 가지고 왔는데 욕하지 마셔요.

며 느 리 어머, 썩은 고기를 생일선물이라고 가지고 와요?

여　　우 예?

며 느 리 썩은 고기잖아요.

여　　우 우리 여우들은 이 썩은 고기를 먹으며 생활을 한답니다. 아기들도 기르고요.

두루미③ 그래도 싱싱한 고기를 구해서 가지고 와야지. 생일선물인데. (모두를 돌아보며)안 그래요?

모　　두 (고개를 끄덕인다.)

황　　새 자, 여러분, 우리는 서로가 사는 방법이 다르지요? 시궁창에 사는 시궁쥐는 개똥벌레나 지렁이를 잘 먹어요. 쇠똥구리는 소똥을 가지고 아기들을 키우고 여우는 살아있는 짐승보다 죽은 고기를 즐기며 크게 배가 고프지 않으면 살생을 하지 않는 짐승이에요.

모　　두 (미안한 듯 웃으며)예.

황　　새 멧돼지가 이른 봄 먹을 것이 없을 때 캐 먹는 돼지감자를 우리 황새는 먹지 못해요. 오늘 나한테 선물한 여러분의 마음이 소중하다는 것은 바로 자기가 가장 소중한 먹을거리를 가지고 왔다는 것입니다. 다른 짐승에게는 전혀 소중하지 않은 지렁이 한 마리라도 시궁쥐한테는 하루의 식사거리가 된다는 사실이야.

두루미② 어르신 저희들이 어리석었습니다.

모　두 어리석었습니다.

며 느 리 아버님, 죄송합니다. 제가 지혜가 없어 손님들을 실망시켰습니다.

여　우 아니에요. 우리는 서로 무엇을 좋아하는지 몰랐잖아요.

모　두 그래그래.

황　새 이제 금보다도 귀한 선물이 무엇인지 알았는가?

모　두 예. 어르신.

황　새 자, 그럼 다투지 말고 즐겁게 맛있는 음식을 들게 나!

모　두 예.

황　새 (밖을 향해)이보게, 풍물패는 어서 신나게 놀아보세!

풍 물 패 (밖에서 소리만)예.

＊ 풍악소리가 다시 일어나며 잔치에 온 새들고 짐승들이 즐겁게 어울려 놀 때 무대의 불이 꺼진다.　　　－막－

湖天 郭永錫
73년 '한국일보신춘문예 동화극' 당선. 79년 건국기념 1천만원고료 시나리오 당선. 84년 한국불교아동문학상, 계몽아동문학상, 탐미문학상본상, 학교극경연대회 문공부장관상, 대학인형극경연대회 최우수각본상 수상. 저서로는 『꼭두각시 인형의 눈물』 외 100여권, 문화홍보영화 283편. 현재 한국불교청소년문화진흥원 사무총장.